韩美林 著

拣尽寒枝不肯栖

天津出版传媒集团

百花文艺出版社

图书在版编目（CIP）数据

拣尽寒枝不肯栖/韩美林著.-- 天津:百花文艺
出版社, 2018.3
ISBN 978-7-5306-7425-3

Ⅰ.①拣… Ⅱ.①韩… Ⅲ.①散文集－中国－当代
Ⅳ.①I267

中国版本图书馆CIP数据核字(2017)第313509号

图书策划:李勃洋 甘以雯　　　**图书编选:**甘以雯
责任编辑:郭 瑛 魏 青　　　**整体设计:**郭亚红

出版发行:百花文艺出版社(天津)有限公司
地　　址:天津市和平区西康路35号　　**邮　　编:**300051
电话传真:+86-22-23332651(发行部)
　　　　　　+86-22-23332656(总编室)
　　　　　　+86-22-23332478(邮购部)
主　　页:http://www.baihuawenyi.com
印　　刷:北京雅昌艺术印刷有限公司
开　　本:787×1092毫米　1/16
字　　数:173千字　　**图　　数:**121幅
印　　张:14
版　　次:2018年3月第1版
印　　次:2018年3月第1次印刷
定　　价:128.00元

大话美林

○冯骥才

一

在当今画坛上，能够让我每一次见面都会感到吃惊的人是——韩美林。

昨天刚被他一种全新的艺术语言所震撼，今天他竟然把他的画室变成一片前所未见的视觉天地。

一刻不停地改变自己，瞬间万变地创造自己。每一天都在和昨天告别，每一天都被他不可思议地翻新。然而，真正的才华好似在受神灵的驱使，不期而至，匪夷所思，不仅震动别人，也常常令自己惊讶。每每此时，他便会打电话来："快来我的画室，看看我最新的画，棒极了！"他盼望亲朋好友去一同共享。等到我站在他的画前，情不自禁说出心中崭新的感动时，他会说："你信不信，我还没开始呢！"

这是我最爱听到的美林的话。

此时，我感到一种无形而磅礴、不可遏制的创造力在他心中激荡。他像喷着浓烟的火山一样渴望爆发。这是艺术家多美好的自我感觉与神奇的时刻！

二

美林的空间有多大？这是一个谜。

二十多年来，我关注的目光紧随着他。一路下来，我已经眼花缭乱，甚至找不到边际与方向。一会儿是一片粗砺又沉重的青铜世界，一会儿是滑溜溜、溢彩流光的陶瓷天地；一会儿是十几米、几十米、上百米山一般顶天立地的石雕，一会儿是轻盈得一口气就可吹起的邮票；一会儿是大片恢宏、变幻万千的水墨，一会儿是牵人神经的线条，或刚劲或粗野或跌宕或飞扬或飘逸或游丝一般的线条。一切物象，一切样式，一切手段，一切材料，都能被他随心所欲地使用乃至挥霍,他要的只是随心所欲。

在这心灵的驰骋中,艺术的空间无边无际。地球可以承载整个人类,每个人的心灵却都可以容纳宇宙,尤其是艺术家的心灵。因为他们用心灵想象,用心灵创造,更因为他们的心灵是自由的。

美林艺术的灵魂是绝对自由的。这正是他的艺术为什么如此无拘无束与辽阔无涯的根由。

谁想叫他更夺目,谁就帮助他心处自由之中;谁想叫他黯淡下去,谁就捆缚他约制他——但这不可能——他就像他笔下狂奔的马,身上从来没有一根缰绳。

三

美林还是评论界的一个难题。

这个兴趣到处跳跃的任性的艺术家,使得评论家的目光很难瞄准他。他艺术中的成分过于丰富与宽广。如果评论对象的内涵超过了自己熟知的范畴,怎样下笔才能将他"言中"?

在美林各种形式的作品中,可以找到中西艺术与文化史中极其斑驳的美的因子。艺术史各个重要的艺术成果,不是作为一种特定的审美样式被他采用,而是被他化为一种精灵,潜入他艺术的血液里。就像我们身上的基因。

依我看,他的艺术是由三种基因编码合成的。一是远古,一是现代,一是中国民间。

在将中国民间的审美精神融入现代艺术时,美林不是以现代西方的审美视角去选择中国民间的审美样式。在那一类艺术里,中国的民间往往只剩下一些徒具特色却僵死的文化符号。在美林笔下,这些曾经光芒四射的民间文化的生命顺理成章地进入当代;它们花花绿绿,土得掉渣,喊着叫着,却像主角一样在现代艺术世界中活蹦乱跳。

同时,我们审视美林艺术中古代与现代的关系时,绝对找不到八大、石涛或者毕加索、达里的任何痕迹。然而中国大写意的精神以及现代感却鲜明夺目。美林拒绝已经精英化和个体化的任何审美语言，不克隆任何人。他只从中西文化的源头去寻找艺术的来由。

我一直以为，远古的艺术和乡土之美能够最自然地相互融合，是因为这些远古艺术，大地上开放的民间之花，都具有艺术本源的性质，原发的生命感，以及文明的初始性。而这些最朴素、最本色的文化生命，不正是当前靠机器和电脑说话的工业文化所渴望的吗？

因此说，美林的艺术既是现代的，人类性的；又是地道的华夏民族的灵魂。

四

美林的原创力是什么？

在美林艺术馆一面很长的墙壁上挂着一百多个小瓷碟。每个小碟中心有一幅绘画小品。虽然，画面各不相同，但画中的小鸟小兔小花，连同各种奇妙的图案都在唱歌。这是美林与建萍热恋时，他从电话中得知建萍由外地启程来看他——从那一刻起，他溢满爱意的心就开始唱歌。他边"唱"边画。各种奇妙至极的画面就源源不绝地从笔端流泻出来。爱使人走火入魔，进入幻境；幻想美丽，幻境神奇。美林全然不能自制，直到建萍推门进来，画笔方歇。不到一天，他画了一百七十九幅小画。这些画被烧制在一般大小粗釉的瓷碟的碟心，活灵活现地为艺术家的爱做证。

尽管谁都愿意享受被爱，但爱比被爱幸福。爱的本质是主动的给予。这个本质与艺术的本质正好契合。因为，艺术不是获取，也是给予。爱便成了美林艺术激情勃发的原动力。美林的爱是广角的。他以爱、以热情和慷慨对待朋友，对待熟人，甚至对待一切人，以致看上去他有点挥金如土。这个爱多得过剩的汉子自然也常常吃到爱的苦果。不止一次我看到他为爱狂舞而稀里糊涂掉进陷阱后的垂头丧气，过后他却连疼痛的感觉都忘得一干二净，又张开双臂拥抱那些口头上挂着情义的人去了。然而正是这样——正是这种傻里傻气的爱和情义上的自我陶醉,使他的笔端不断开出新花。其实不管生活最终到底怎样,艺术家需要的只是此时此刻内心的感动与神圣,哪怕这中间多半是他本人的理想主义。

哲学家在现实中寻求真理,艺术家在虚幻里创造神奇。

到底缘自一种天性还是心中装满爱意,使美林总是尽量让朋友快乐,给朋友快乐? 他以朋友们的快乐为快乐。他的艺术也是快乐的,从不流泪,也不伤感,绝无晦涩。这个曾经许多次与死神擦肩而过的汉子,画面上从来没有多磨的命运留下的阴影,只有阳光。他把生活的苦汁大口吞下,在心中酿出蜜来,再热辣辣地送给站在他画前的每一个人。美林是我见过的最阳光的画家。

最大的事物都是没有阴影的。比如大海和天空。

然而爱是一定有回报的。因此他拥有天南地北那么多朋友,那么广泛的热爱他艺术的人。如今韩美林已经是当今中国画坛、当代中国文化的一个符号。这种符号由国际航班带上云天,也被福娃带到世界各地。更多的是他创造的千千万万、美妙而迷人的艺术形象,五彩缤纷地传播于人间。这个符号的内涵是什么呢? 我想是:

自由的心灵,真率的爱,深厚的底蕴,无边而神奇的创造,而这一切全都溶化在美林独有的美之中了。

贺兰山是一把钥匙

○余秋雨

地球上有两条人造的长线,是中华民族独有的,是中国人的骄傲。一条是万里长城,一条是运河,这两条长线,使我们中国人站在地球上有一种分外的骄傲。先说大运河这条长线,从杭州到通州。这一下子就令人想到了韩美林,他把大运河的头和尾贯通了,在大运河的这条长线上,诞生了两座艺术馆。还有一条长线,长城。长城的中心点就在宁夏,第三座韩美林艺术馆就建在贺兰山下。韩美林未必是从宏观的一个地球线条上来思考问题,但是我相信,最大的艺术家一定是得到了脉,韩美林得到了运河之脉、长城之脉。

人们在说起韩美林现象的时候,有很多解不开的谜,这个谜在贺兰山找到了答案,这是一个重要的标识。韩美林是饱尝苦难的人,但在韩美林的作品里,看不到任何灾难的痕迹,看到的是一片欢悦,一片爱心,一片天真。走过苦难岁月的人,怎么会这样?就像刚才冯骥才先生讲的,任何时间的流派在他身上找不到关系。而且韩美林的艺术也没有地域界限。他是一个没有地域的艺术家,这个艺术家在我们一般的美术史上是不可理解的。韩美林走出了艺术史的限制,走出了地域的限制,走出了我们一般所想象的一个男子汉有仇不报、有冤不申的逻辑。

我们从贺兰山岩画里找到了答案,原来他在这儿读懂了人之为人的根本。我们看到,题材上韩美林的画和贺兰山岩画有一种天然的巧合。那么多没有仇恨的小动物,展现人和动物的平等,以及人和自然的友好、人和人的友善。所以我觉得,韩美林艺术暗合了人类原始艺术的精粹。这样也就打破了我们的某种观念,以为艺术史是按照直线往前走,而不知道人类的文化艺术有的时候是首尾相衔的圆形。

歌德讲过一句非常重要的话:“人并不聪明,划出了很多很多界限,最后靠爱,把它们全部推倒。”这个很重要,在韩美林艺术这儿,美术史家不太管用,没有办法给他进行学理以及其他的考究。但是问题在于,他难道和原始的岩画一样吗？肯定不一样。他把他生活过和人类共同创造所有美的东西，都灌输到一种原始的天地里，灌输到精神里。岩画是人类还没有文字时的一种特征，韩美林在艺术题材上摆脱了许多，他永远在画着只要是人类就会关心的根本。

韩美林极其天真，又极其强大。大家知道，我们先人站在这个地球上，是非常谦逊的，但又是非常骄傲的。这在美林的画中体现了，如此强大，如此天真，又如此温暖，如此充满爱心。他的艺术，在长城和运河这两条线上，发出了从古到今的和平信号，了不起！韩美林永远给了我们一种超越，超越了我们过去所读的艺术学、艺术史。

在韩美林身上，我们还感觉到了一个大艺术家有可能出现的一种神秘情况。艺术和其他东西不一样，它有巨大的神秘的力量承接在那个地方。所以，贺兰山给了韩美林一把钥匙，其实更重要的是帮我们读解韩美林艺术提供了一把钥匙。

美林的世界——韩美林八十大展

○陈履生

拥有三座以自己名字命名的美术馆——韩美林美术馆,杭州、北京、银川,这是在世界范围内的当代奇迹。对于每一位艺术家来说,能够拥有一座以自己名字命名的美术馆就很了不起。美林往往是出常人之外。美林办过大大小小的很多展览,目前进行中的国际巡展又是一个奇迹,于威尼斯展览之后在中国国家博物馆的展览,将掀起新的波澜。他总是在人们预想之外做出难以想象的事情。所以,关于他的展览策划越来越不容易,因为不能重复过去,又不能是已有成果的陈列,还要兼顾到学术性和公众性。本次在中国国家博物馆举办的八十大展作为国际巡展的中国站,更要不同于此前在国家博物馆举办过的展览,要办出特色则是很难。

美林的本次展览似乎在提醒人们——八十了。七十古来稀,何况八十?这是出于人们想象和记忆的。他实在是看不出来,没有老态而是依然的热情,没有止步而是继续地前行,没有停顿而是一如既往地创造。八十对于每个人来说都意味着生命的长度和经历,美林过去的履痕像传记那样丰富,而发生在他身上的艺术创造在不同的时间段都有各自的精彩。因此,再大的展览都难以涵盖他的所有。但是,八十是有必要回顾以往。回顾的意义不是摆功,而是让众人分享其历程以了解美林艺术的堂奥;有些只有在回顾之中才能发现其时间累积的意义。比如美林的艺术大篷车自二十世纪七十年代起,坚持深入民间的淳朴和原生态的艺术发源地,一站又一站,对民族传统艺术进行发掘整理和抢救,又从中获得营养而滋养了自己的艺术。四十年的光阴加上几百万里的行程,这也是认知美林艺术的一种解读。

时值丁酉鸡年到来之际,中国邮政发行了美林设计的鸡年邮票,而美林又为了这个属于他的鸡年,为了他的八十大展特别创作了百幅美林鸡。在中国,鸡和吉同音,因此,鸡寓意着吉祥,许多画家为了吉利一而再、再而三地画鸡。

美林画鸡不是齐白石那种文人的方法和趣味,他依然故我的在美林风格中把公众所熟悉的鸡的形象作了出于想象之外的美的传达,其丰富多样也成为美林创造精神的一种呈现。而他为大家祈福的爱心正如同他的《和平守望》雕塑一样,坦诚而富有意味。这件被安放在联合国教科文组织巴黎总部庭院内的雕塑,是美林为纪念世界反法西斯战争胜利70周年的特别定制,因此,本次展览是第一次在国内的公开展出。他以树的生生不息以及所记忆的人类对于战争的反思,在跨越地域文化的界限时表现出对于世界和平的愿景,显现了国际化背景下新的突破。当这种树的和平的愿景和鸡的吉祥的祈福连在一起,美林的艺术则在升华中敞亮了自己的胸怀。

美林的世界是丰富而多样的。他的题材中有对动物、植物等自然世界中万物生灵与生命相关联的关爱;材质中的泥土与火构造的陶瓷是千年传承的现时的缤纷;思想中展翅的凤凰所带来的设计巧思和语言变化是可以玩味的精致;表现上吸收岩画等传统艺术所带来的拓展和变革是生生不息的创新;利用上的神遇迹化将工匠精神的执着呈现为适用于审美结合的奇观。这些在本次展览中都成为脉络和亮点。

当然,公众的期待可能还不止于此。好在美林不会停息他前行的步伐,还有更多的精彩留待未来。

目 录

　　韩美林是一位孜孜不倦的艺术实践者和开拓者。其创作领域涉及广泛,包括绘画、书法、雕塑、陶瓷、设计以及写作等等。艺术风格独到,致力于从中国文化传统和大众艺术中汲取精髓,并转化为体现当代审美理念的艺术作品。

作品是艺术家唯一的生命形态

艺术不能世界大同,不能国际化、世界化。艺术不能也绝不可以和世界接轨,艺术就是艺术,它独立,它有个性,它有尊严,它有自己的土壤,它的土壤就是民族的,与现在生活在这块土地上的艺术家加在一起就是民族的、现代的。只有这样它才具备理直气壮地站在世界艺术之林的资格,才能巍然屹立。

早年留学的前辈们,不论是学艺术还是学科学的,都回来发展自己民族的艺术,致力于使国家富强的科学发明与创造,绝不是替代或是否定一切、打倒一切、怀疑一切。几千年的文明古国,只有向前向前再向前,怎么可以否定和打倒呢?

世界五大古文字,只有汉字还处于青春豆蔻之年,我的艺术就是这么来的。我在这些古文字中(包括岩画)没有抄袭和照搬,我吸收的是他们的精神、灵魂和艺术形式,其中我加进了色彩(现代的、民族的或是陕北老奶奶的、老百姓娶媳妇及过年的色彩)。这一笔一墨,华夏魂魄都在我的心中挥洒游走。

"和平艺术家"这个称号对我来说,最主要的是赋予了我重要的文化担当。我现在着急的是想早点完成《古文字大典》,同时把我们古老的民族文化瑰宝用艺术形式向世界各地传播。民族文化是我们的根,是我们的魂,无论身处怎样的时代背景,无论从事怎样的艺术形式,都不能忘了这个根,丢了这个魂。

荣誉和羞辱,我认为都是生活中的一部分。无论是羞辱来临、荣誉光临,都应该淡然处之,要淡定,要不乱。作为一个艺术家,作品是我唯一的生命形态。对咱们的民族有没有深情,对传统文化有没有温情,对咱们的人民有没有感情,这才是检验艺术家、文化人有没有担当,有没有生命价值的根本标准。

　　要成为世界性、国际性的艺术，首先
必须具有民族性。中国历代的艺术为什
么在世界上受到人家的尊重和赞美，就是
中国艺术有它的独创性。这是可贵的优
良传统，是全世界都公认的，如果我们把
自己这点宝贵的东西丢掉了，去模仿人
家，抛弃我们的优点，随和喧嚣，任你怎样
模仿也是走不到人家的前面。

人生美好，把美留住！

几次设计封面，我都发现原来画好的色稿到了成书就给改得大红大绿。固然，大红大绿也不一定不雅，但是我讲的这种情况肯定是俗气。为此，我特地去工厂亲自调油墨，并告诉他们"以此为准"。但是出版以后比你想象的颜色还要糟糕，因为我一回头他们就把那盒调好的油墨给塞到桌子底下……之后听他们讲，这是因为我调的颜色"不鲜亮"。

观念性的问题绝不止表现在道德意识上，同时也表现在审美意识上。这应归根到文化修养上，一个没有文化的民族是不可想象的。

大学毕业不一定就是有文化，它只能代表一种资格或是证明你的学历，但绝不代表你有文化，因为文化是一种素养，是一个境界的事。道德观念可以强行一律，但审美观念是不可规定的。

我经常接待一些要求与我合作的单位和朋友，三句两句还没两个回合你就想与他分手了。他说："科学和艺术是两个翅膀，缺一不可，若是两个一结合，那不就是珠联璧合吗？"他理论上讲得很对，可接下去你就听不进去了，"譬如，你这个猫头鹰和马（他指旁边的陶塑），把它们两个眼挖掉，放上两个灯泡，不就结合了吗？……再譬如，你画的那些鸡、鱼、牛、羊，咱们把它印在盘子上，这样端鱼的时候用鱼盘，端鸡的时候用鸡盘……"

反正我知道我是听不进去了。说不虚心也好，骄傲也好，如果把我的猫头鹰和马给挖了眼装上灯泡，那还不如把我的眼挖了去呢！

所以说，一个国家的文化教育上不去，那么艺术的天地绝不会大。不要以为迎合大众的趣味就是艺术，那是一种倒退和迁就。多叫上几声"二大爷""你不要问我从哪里来""也不要问我天

　　我走这条民族现代化的艺术之路，虽然看我笑话的有之，尖酸刻薄批判我的有之，但我不在乎。我心想，我跟着中国大地上的"陕北老奶奶"们是没错的。她们的背后是长城、黄河、长江、喜马拉雅山，那里屹立着千古不灭的龙门、云冈、贺兰山，屹立着阴山、沧源、石寨山，屹立着良渚、安阳、莫高窟……我自己是"中国的儿子"。我也大言不惭、问心无愧地讲：我是中国的艺术家，是中国"陕北老奶奶"的接班人。

上有几颗星星"……不会使国民素质上升，反而是一种遗害。静下心来想一想，叫"二大爷"的作品还不如下台去掏人家的胳肢窝来得更痛快。空虚的歌词，谁也没问你从哪里来，谁也不知道天上有几颗星星，这都是没"瓷儿"找"碴"的事。

　　生活中应该讲究一些"美"，可是它必须要"讲究"。你的脖子短，看到人家戴耳坠，你也来一对，这一挂，你看，这远看就像一个头给硬栽到脖子上去的，因为坠子的两条线在视觉上扩大了你脖子的宽度，造成了错觉。身子胖的人喜穿白色，可穿在胖人身上

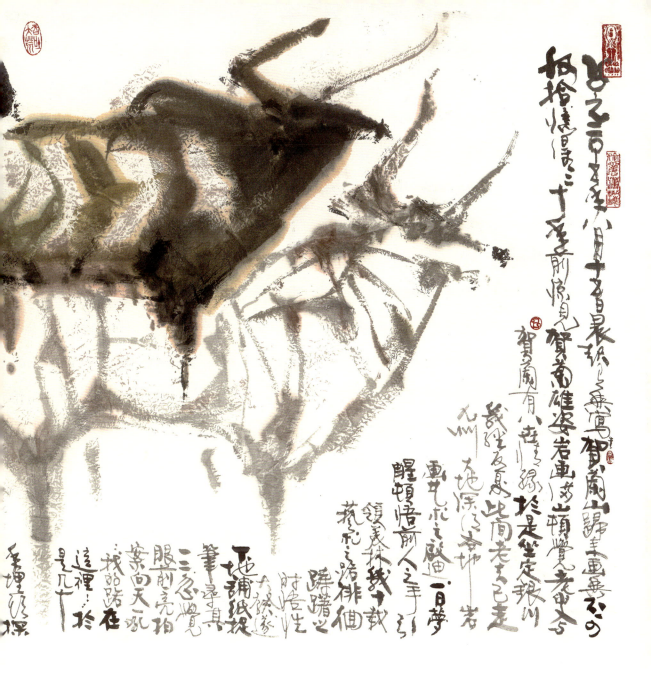

成了扩张的颜色，远看这人又矮了半截。

　　每个人、每个环境都有各不相同的条件。你想生活过得充实、舒心，你就千万不要赶"时髦"，一讲到"赶"字，不是挺累吗？时髦的东西永远是落后的，这话不矛盾。今天穿大花，明天就是小花，后天变了鹅蛋黄。那皮鞋今天是牛鼻式的，明天就成了大方头，后天松糕式的又流行了。

　　真累！

　　试想，这个美好世界，大家吃的、穿的都一样，还有什么趣味呢？一些女孩子，一听说美容，就拔眉毛、割眼皮、染头发，带劲得很。可是我又讲了，每个人条件不一样，千万别随大流。这本来漂亮的秀眉，经这一拔，活像个长了麻风病似的；那本来当皇后才够资格的丹凤眼，经这一刀，割得可真像个翻开的肚脐眼……

我没吓唬谁，我讲这个"美"是不能赶时髦的。美是永恒的，不需太雕琢。有些本来不足，由于会调配，弱项变成了强项。

俄罗斯大歌唱家夏利亚宾，唱歌好转调，可是他转得好，听了以后，让你激动得捶胸顿足；印象派大师雷诺阿手患恶疾，他把笔绑在手上，画出的笔触成了他独特的风格；郭兰英唱歌爱用装饰音，可是她的那"一条大河"谁按谱子唱谁就唱不出好水平；梅兰芳晚年发福，胖胖的两颊将片子往前腮贴，远看虞姬娇美无比，楚霸王根本就不想上阵了；帕瓦罗蒂上台，打破了一定要两手一架的格式，黑西服、白手帕，两手一伸，手巾一吊，那帅劲、那风度，我真不知用什么词来吹他呢！在艺术创作中，美与丑不是固定的，是可以互相转化的。美的处理不好，就成了丑的；丑的、不足的处

理好了会很美、很有魅力。文章中有险句，绘画里有险笔，都是在美丑之间做学问。

艺术里有大俗也有大雅，所谓"艺贵拙，然必大巧之拙"。这大俗就是大雅。附庸风雅就是大俗，巧用俗笔就是大雅。我有一个从六岁就跟我学画的孩子叫金今，今年八岁，用词真叫绝。在一首《无题》的诗里，她用了"风儿阵阵/绿草青青漫漫/秀秀珍珍/雨雨梦梦"，这"秀、珍"二字在生活里最俗，可你看她的诗，不是用绝了吗？

在高等数学的微积分中，方就是圆，圆就是方；A 的根就是 A 的幂，A 的幂就是 A 的根；正亦是负，负就是正；常数就是变数，变数就是常数……数学里尚且如此，在艺术中绝对不是一加一等于二，说不定一加一是一枝白荷花或是一匹红骏马。为此，写到这里，对于美育（审美意识的教育），不能说不是个严重的社会问题。当然，赵钱孙李，各有所喜，人家喜欢，用你管呢！不！我还真想发动全社会来管管这事。这样我们穿的、戴的、铺的、盖的，

海上輕鷗何處尋煙波萬里信浮沉令朝忽向船頭見盡得平消息機庚辰冬殘歷己林美子魯翁書

我们的生活环境、我们的气质风度都会发生变化。小伙雨雨梦梦，姑娘秀秀珍珍……有多么好啊！

这里，我还要啰嗦一句，花钱多不一定就是美就是艺术。如果要摆阔气，那么就不在艺术范畴，这题可以不谈。人有了钱不一定就有文化，你用金子把舌头包起来也不说明你有文化。相反，人没有钱，会摆弄，两毛钱也花得潇洒。

人生美好，想办法把美留住！

谁入地狱

赵州禅师说了一句话：但愿所有人升天，唯希望你沉入苦海。这句话其实是对我而言。

那场"文革"开始不久，与"三家村"有牵连的我掉进了二十多年苦海。一个炎热的夏日，我被铐着双手从合肥押回淮南，路经水家湖转车，这是一个肮脏和混乱的小站，押送我的人饿得下车就找饭店，我虚弱的身体跟着跑得筋疲力尽，好歹在一个包子铺前停了下来。他们将手铐解下一只，把我锁在一个自行车架上。其实我已经两天没有吃饭，哪里跑得动呢？我口袋里只有两分钱，不够买半个包子的，押我的人为了与我划清界限，当然也不会给我买。我蹲在地上，以便等他们两人吃完后上路。这时，我旁边一个农村妇女端着几个包子喂孩子，贪嘴的苍蝇围着他们嗡嗡叫，挑食的孩子只吃馅不吃皮，五个包子皮都滚落在地上。尽管这时行人围了一大圈，像是观看动物园新来的动物一样看我，还有些打人都红了眼的陌生行人，不时地给我几脚，我满脑子里是难以忍受的饥饿，这时"自然需要"绝对超过了"社会需要"，我已顾不上什么羞耻，抓起爬满了苍蝇的五个包子皮，连土带沙狼吞虎咽地塞到了我饥肠辘辘的肚子里……

五年之后当我跨出监狱大门登上公共汽车的台阶时，好像是登上了天堂之门。又一次回到人间，听到"卖冰棍"的叫卖声、孩子的哭声、车铃的响声……浑身激动得手足无措……生活中你能听到碗响或讲一个"米"字，就饿得满嘴口水浑身战栗得起鸡皮疙瘩吗？你知道饿得跑到路旁去吃人家酒醉以后吐的那堆比大便臭的呕吐物且还感到幸运的人吗？！

这酸甜苦辣的人生，这天堂地狱的世界，才能造就出一个个伟大的艺术家，这就是炼狱，这就是苦海。

艺术家不仅仅需要阳光雨露，他更需要的是粪肥沃土。

艺术上的成功，不能说你已经脱离了苦海；在鲜花与掌声中，不一定你就升上了天堂。不少艺术家一看到这个眼花缭乱的世界即驻足不前，这里有金我其实是朵桂花，花小，但是有味，人讲的是味。我的三分之一露在外面，是快乐，是开放的花朵；地下还有三分之二藏着，是没人看见的苦根，那是泪，是忧伤。不论生活中有多少苦难，艺术家的职责永远不是诉苦，不是把苦难往外一倒了事；艺术家应该是这样的，帮助人的心灵上一个台阶，而不是拖着人往下走。

钱、美女、名誉、地位,有前呼后拥,有人前马后肉麻的吹捧,便中了魔一样的陶醉……这里不是天堂,只是堕落,艺术生命在这里已经窒息,这些艺术家就在"此地"落户安家不再前进了。他们改了名,叫"大师"、叫"客户"、叫"葡萄李"、叫"牡丹崔",他们去了江湖。

但是一个艺术家的全部意义不在这里,他不沉湎于那些名利、美女、上下、高低,他陶醉的是那些无休止和探索不尽的未知数。

六年前中国美术家协会成立了韩美林工作室,这个工作室为社会做了大量贡献,但是我们的人却都是平平之辈,没有一个上过大学。一进工作室,每人发一盘"第九交响乐"的磁带,我说:"要指挥就要去指挥'第九交响乐',不要去耍猴的那里敲锣,同样都是指挥,目标要定得大一些。"我们墙上有一副对联:英雄笑忍寒天,上牙打下牙;好汉不怕茹饥,前心贴后心。横批是:上下贴心。寒冬腊月,我们工作室的同事们在高空架上做雕塑,啃着馒头喝着汽水,唱着"红高粱",分不出是男是女、是老是少,也分不出是泥是汗、是血是石膏……这就是炼狱;这就是苦海。

我对学生们讲:你们可知道什么是汉子吗? 一个多么高多么大的男子汉,就要有多么高多么大的支撑架。这个支撑架上全部是由苦难、羞辱、心酸、失落、空虚与孤独组合起来的,那无数的唾骂、防不胜防的卑鄙陷害、无休无止的勤奋、没完没了的接待,你得踢着石头打着狗,你得忍无可忍地再再忍,你得难舍难分地再再舍。我有女儿见不到,我有家庭聚不成,我的七情六欲被夺了个精光,我的美满完整被中伤得缺腿少胳膊。

你知道一条男子汉是个什么形象吗? 就是那只压在床底下垫着床腿睁眼有神而不死的癞蛤蟆! 这里是十八层地狱,是锻炼汉子的最高学府。我是从那里来的!

二十年后的今天,那五个包子皮在我身上产生了多大能量? 它成就了我多少事业? 壮了我多少胆? 它让我成了一条顶天立地的好汉,它使我炼就了一身铮铮铁骨,它让我悟出人生最最深邃的活着的真理,它让我得到了社会大学的满分文凭……我虽然沉入了这无边的人生苦海,我却摸到了做人的真谛。

这个世界非常美好,但请你记住,所有的幸运不会来到一个人头上。在人生和艺术的道路上,我愿意为了艺术被打入十八层地狱。

　　我不会在苦闷里陷得太深，因为我一直在不断否定自己。我不是总说，我真正的黄金时代还没到来吗？我已八十了，现在可以告诉你，差不多来了。因为现在是形象自己跑来找我，不是我找它们。现在我提起笔就画，胸有成竹，而且运用自如。我也应该到这个时候了。积累一生了，准备一生了，也历练一生了。

我虽然八十岁了，但觉得自己像小孩，总会在什么问题上开窍，顿悟一个接着一个。佛教不是讲"无我"吗？我渐渐往那儿去了，无法、无行、无来、无往、无色、无界，一切无所谓了。这倒挺自由的。可是我感觉自己的艺术还会有"井喷"呢？是不是活了一辈子不能白活，还得结些果子？所以我总说"我还没开始呢"。

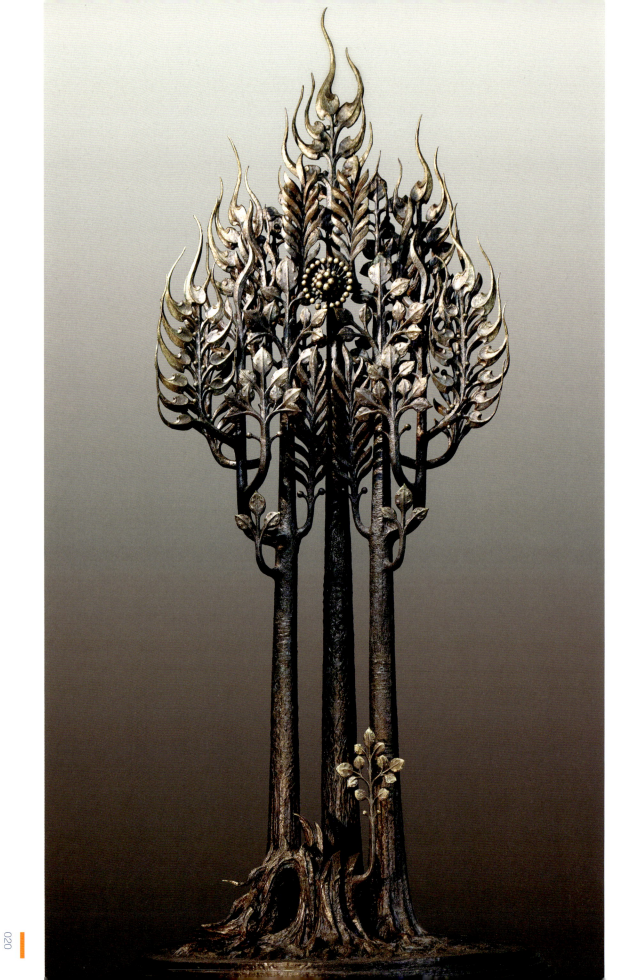

我讨厌耳提面命

我最讨厌的是艺术上的耳提面命,更讨厌像救世主一样来教训我们中华民族和她的子孙们。我早就声明过艺术上我"不想入伙",艺术强调个性,强调独立性,老牛都知道小米干饭比玉米秆子好吃!

艺术上我有一个不满足的奢望,就是我总感到我所创作的一切都还不是我的。"我的"二字离我还很远,有时我急得坐立不安、如坐针毡,希望有朝一日能出来"我的"风格。

即使单纯的量变也能引起质的飞跃,在艺术上我等待"质变"的那一天。我的信念是埋头拉车,不管前面有路没路。路是人踩出来的,艺术的路绝不是谁规定的,包括艺术家个人的规划。

我个头不大,劲头大,我不画、不做、不雕亦罢,要画、要做、要雕,就必须要搞出个尖尖来。我做的雕塑都很大,可谓世界之最,一只老虎有20米大,铜锻造的牛,也有20米大;我烧陶瓷就要烧那种"黄金有价钧无价"的钧瓷;我创作紫砂陶器与顾景舟老人合作,卖的价钱"前无古人",但是否"后无来者"我不敢保证。

以苦为乐

　　如果将生活形象转化成为艺术形象和艰难过程是一种"苦事"的话，那么以苦为乐也不是件坏事。学艺术是件苦事，它没有止境，也没有最高分。如果创作是块铁板，对有心于艺术事业的人来说，苦苦求索，总有一天这块铁板会被钻通。那时就不认为创作是件苦事了，到了横涂纵抹随心所欲的境界时，神仙的位子你也不愿意换。创作中形象的变化更是"苦"事，但一旦一个好的形象出现，不是都会激动得跳起来吗？很多艺术家都有这个体会，这是一种买不到的享受。

国画，因为这种画能够代表中国，甚至代表东方，而且一开始就与文字、与书法联在一起。毛笔的出现，最初不是为了画，而是为了写。

文人画是从宋朝开始的,苏东坡倡导的,在当时是一场革命。甩开院体画的羁绊,画家自由得多了,还可以把诗放进去。这是艺术史的进步。可是由于后人由尊古变为崇古,进一步又效古成风,文人画反而成为一种阻碍了。

读不完的"天书"

——《全国人体摄影大展作品集》序

爱"女"之心，人皆有之。不过有直言不讳的，也有羞答作态的，这两种都是属于"点头派"的。但是也有那些说"祸水"，吃葡萄又说葡萄酸的"假惺惺"派，我们都挺忙，甭去管他吧！

我是个画家，知道即使女画家也画女人体，这种选择不一定单单是男画家的事。

这个世界本身就这么美好。有青山绿水、星星月亮、大江大河、老虎狮子、蝴蝶蜜蜂、雕鹏小雀……但是，只有这些而没有人也凑不了一台戏。人、人体、女人体是大自然给的，每人一份，所以大哥二哥别讲麻子哥，我们应该从心底里讲一句真话：这是天造就的。

"天衣无缝"。脱也脱不去的"天衣"，说的就是人体，他是大自然的精心杰作，是人们一生下来就得到的精神兼物质的礼物。

人体是什么？我讲不好，但是我认为他是世上最说不出、道不明的一个"什么"。尽着人们有才智，即使有最丰富的语言、最优美的乐章、最浪漫的诗歌又能怎么样呢？你急得满眼血丝、唾沫星子满天飞，料你也讲不好人体有多美！再能耐的画家、再瑰丽的色彩、再潇洒的线条也抹不出人体那些微妙的、独到的、抓耳挠腮的"美"。

有一辈子摄影经验的老手又怎么样呢？平心而论，哪一个角度不是让你一次又一次的激动，不断变换灯光和镜头，动脑筋、拍大腿、没完没了的心潮澎湃呢？

不客气地讲：谁也不敢和这个神秘的大自然"搅汁"（较真）。

我参加了全国人体摄影大展的评选，真可以说是雄星寥寥。因为人体不好拍。公式化概念化或是模仿、逐潮的占大多数；靠灯光、姿态和大美人的占大多数。但是从人体上读到语言、听到乐章、看到高尚、悟到神圣的内在型、学问型的不多。

我们直观人体,不能仅仅限于人体上那几个不多的"零部件"。那里有深邃的学问,含蓄的语言,摄魄的魅力;有丝丝秋雨,有大浪淘沙;有黄土高原,有千年文化;有高山流水,有绿草茵茵;有震撼,有哀怨,有火焰,也有沁凉。在艺术家的眼里,还有深不可测的联想、宏伟的框架、缠绵的情丝、道不出来的柔情、悟不出来的装点、花了眼的色彩,是活脱脱的艺术"真"人、真形象。一切的一切,都是从人体里读出来的。

人体摄影大展是第一次举办,将来会有无数次。只要人活在这个地球上,人体、人体艺术怎么就会只一次呢?它只能越来越好,越来越讲究。

万事开头难,不过没有难倒组织这次展览的摄影界同仁们,沙里淘金一样地筛选,的确令人感到这里的学问很大很大。

本次一等奖落选了两次,第三次我拿出来向专家们推荐,我认为这幅作品在仅仅一张画面的空间里讲出中国,讲出黄土高原、黄土文化,讲出含蓄开放,讲出中国女人、陕北道情……的确不容易。从技术上讲,顶光、自然光、正面、靠脸招徕……都是不大讨好的尝试。

举世皆知,断了臂的维纳斯和没有眉毛的蒙娜丽莎绝对摘不了"人的美神"的桂冠。这个世界不断创造人,只有追求不完美才是人生。如果真以维纳斯和蒙娜丽莎为人的美的极限标准的话,这个世界真的是"没劲"了。

海河向西走去。因为这风景太美,我的眼神儿就不够用了。然而,她婀娜身影却不时地将我的眼神给拉回来。永定河水清澈见底,河床上是一层鹅卵石,大的像群象,小的像群羊,被河水冲刷得圆溜溜,一尘不染。河的对面是一排青青的大山,伟岸而又挺拔。再向西望去,一条又高又长的铁路大桥从山与河上方直插过去,当火车驶过,在满天通红的夕阳里,这声音、这气派、这云、这雾、这山、这烟……真不知是到天上人间还是人间天上!

这个升华，就是提炼，是最难的。你说我愈来愈不重视生理结构，实际上这个生理结构我早背过了，太熟了，这是我的基本功。不管我怎么画，最要紧的部位也不会丢掉，哪怕只剩下一条线，也不会丢掉那些最要紧的。你看看这根线里边这些骨头和肉，全都有。

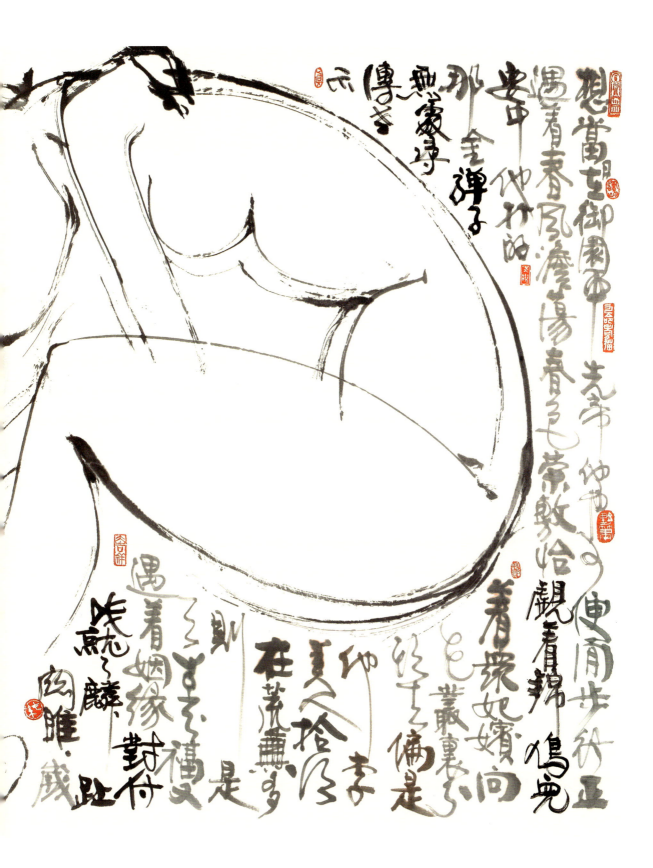

为伊憔悴

在一次舞剧排练中,因为一个女演员咬嘴唇,排练停下来几次,导演生气地讲:"你知道这是在演戏吗? 怎么老是咬着嘴唇龇着你那一嘴丑陋的牙齿呢?!"

不言而喻,她没有把自己放在戏里。

为什么我要讲这件小事呢? 这不是一件小事,不论演戏、唱歌、画画、跳舞,如果艺术家本身还没有理解作品所要求的深度,那么他的"作品"肯定是肤浅的,貌合神离的。

艺术上要达到某一个高度,我们必须提倡"为伊憔悴"的牺牲精神,把"我"字忘掉才是。

在动画片《狐狸打猎人》的设计中,我犯了和那个演员一样的错误,只择其真、善、美的一面,而扬弃了假、恶、丑的另一面,结果在设计中屡次失败了。我很爱狐狸,因而这部片子的主角——狐狸,由于我的偏袒,使一个狡猾奸诈的典型怎么也变不坏。导演对我讲:"我都快把它抱起来了! 你是越画越可爱!"后来画了二十多张才算通过了,而狼的造型却是一次成功的,因为我对狼从来都是恨之入骨的。

艺术创作中经常碰到这个问题,为了一笔一墨或一个形象舍不得盖掉或取消,而在创作上确属多余,这时,我们必须舍得割这个"爱"才行,否则就是"哗众取宠"。这是很危险的!

反之,美,尤其是形式美,在创作中又应该把它放在头里,在赋予它们充分的典型性格中,不要忘记形式上充其量的完美。 我们看到很多艺术大师手下创造的典型,使人久久不能遗忘,这是他们熟练地运用形式和典型形象和谐统一的结果,在他们手下丑的可以变美,美的又可以变丑,冷的以暖的表现,实的用虚的构成……

只要艺术效果好,形象充实,那么在形式上、技法上、制作上完全可以"不择手段"。

饿了的时候,粗食淡饭都可狼吞虎咽,在艺术探索的道路上,我们应该永远感到透心的"饥饿"才是!

　　那些习惯的看法,我们还不能完全根据理性去解释它改变它。狐狸的形象贴上的是"狡猾"的标签,狼是"凶恶"的代表,小白兔永远都是小字辈……这就形成了人们长期改变不了的概念。但也不是完全不可能,蒲松龄《聊斋志异》中写的狐仙人人都爱,妖娜和青凤都写活了,可是她们都是狐仙。

"拙"和"朴"

拙也好，朴也好，人不拙、不朴，也就永远拙不了、朴不起来了。人应该有些童心，特别是画家，生活中有童心的人学起"孩子心"，一定能得到收益。假如生活中或是心底里少点童心，那么形式上的学习也只能落个附庸风雅。文如其人，画亦然。

"拙"和"朴"在艺术创作中，当属一种更高的境界，就像浓与淡、雅与俗一样。艺贵拙，然必大巧之拙；艺贵淡，然必浓后之淡；艺贵朴，然必弃华见朴。认识不到巧、浓、华，是认识不到拙、淡、朴的。他们之间的关系是先后关系，后者都是过来之见。

笔墨的形式感是一种形式美，它是一种修养。可是，它还是一种语言，要处理好形象，表现出形象的"神"。如果表现不出形象的神，再好的笔墨也难成立。

願君多珍護
呵護

最相思
惜物

艺术不是让人受苦

大家都知道,我这个人不是个会讲话的人,是个画画的人。可是我关心这个世界。我总在想一些和日常生活没什么关系的事。花儿为什么会开,鸟儿为什么会飞,水分子真的是氢二氧一吗?这些问题好像和日常生活没有关系,却都实实在在和我们人类存在于同一个世界。

艺术是干什么用的?这是我想过很久的一个问题。艺术让我哭、让我笑、让我癫狂、让我这个八十岁的人不知疲倦地每天写啊画啊……我想,艺术一定不是让人受苦的!艺术是让人用另一种眼光来看世界的。

今天我的老师在这儿,我的同学在这儿,我的前辈在这儿,我的发小在这儿,当年在监狱里看管我的管理员也在这儿,大家能想象吗?

你不感到人生是美好的吗?这位监狱管理员,在我最困难的时候,你说一句话都能被枪毙的情况下,他竟会把我叫出来,告诉我,你旁边那个医生就是卧底的。还有,有位监狱里的领导说韩美林有病,他赶快得看病去。实际上他把我叫出来以后,让我吃点东西。大家都知道,这是多么的大胆。在那个时候,听到"米"字都淌口水,听到碗响都起鸡皮疙瘩的情况下,他敢把我这么叫出来,给我弄那么一桌子菜,感动得不得了!

我是个爷们儿,我绝对不能在大家面前诉苦。我的心里只想着怎么能把最好的东西给人民,给这个祖国,三座艺术馆,全部作品留给国家,最好的留给国家。只有一个人的心坏了,才会老想着让别人也接受你的苦。

艺术不是让人受苦的!

就是一句话,世界美好,得把美给人家看。你既然是搞艺术的,就得给人家美,而不是让人感受苦。同志们,我们认为若你不爱地球,你不爱人类,你不爱生活,你不爱人类的朋友——动物、植物,包括空气,你不爱它们,你没有学会爱,你就不是艺术家。

韓美林於大　　　　E右海魯齊

初恋

我的初恋就像那个被咬了一口又扔掉的乍甜还酸的青苹果。被人告密、被人耻笑、被人叫去谈话，一枪毙人我就被叫去"教育"一下。

有什么呢？充其量见面一红脸、一亮眼，连句完整的话都没讲给她。

五十年过去了，我又见到了她，除了熟悉的那个酒窝外，一身秀气全被沧桑淹没了。老眼昏花里藏着对我的那份深情专注。

这"莞尔一笑"，虽然人老了点，但是多么纯多么纯多么纯啊！

唉！来到世上这一遭，美酒没喝上，吃了点苦酒，反正是酒呗！总比没喝强！

如果白昼走了留下黑夜，人们将怎样生活？高山走了留下流水，平平地淌在地下的水，也没有石头和悬崖折腾得它上下翻滚水花潺潺，那还有什么趣味呢？水到处流，石也到处有，就是因为合作得好，形成奇观。艺术不是也靠这种"组装"的方法吗？"组装"得不好，没人来拍照。

前面是未知数

我没有多大的本事,只能画点狗呀猫呀的画,且感到离"自成一家"相去甚远,"大功"也尚未告成。

我经常照镜子,看到镜子里的我一年年地变老、变胖,时喜、时怒、时哀,可怎么也看不出像个画家。

倒是有一次与港澳青年联欢时,他们说我是个"足球教练"。这说法从何而来呢?大概是我身体还挺健康,不闹病也不闹灾的,上楼梯都是连蹦带跳一口气爬上五层。

拉回来讲。除了画画以外,我饭不会做,衣不会补,骑车子老走神,一路准得碰上一个对我龇牙咧嘴的人。

可我有一个本事是大家都心服的,那就是认路的本领,即使是在繁华的纽约或是转来转去的新加坡,我都能辨别方向,哪怕是只来过一次。信不信由你,在繁华的曼哈顿,我居然给领路的美国人领起路来……

你看,文章还没写,提笔先吹牛了。

从下地蹒跚学步起到现在,生活中每个人每天都在走着不同的路。我走了几十年的路,土的、石头的、柏油的、平坦的、崎岖的、地下的、天上的……

小时候我家门口是一条石路,听说路下以前都是泉水,可我没见过。我从上小学起,就踏在这条路上,直到十三岁我离家工作。这条路和我不可分割,我熟悉它,经常想到它,想到每块石头,它们是什么形状,在哪个位置。在这条路上,我和我的小伙伴们撅着屁股,拿着石灰从北头画到南头,有鸡有鸭、有猪有狗、有房子有大树、有汽车也有火车……

这条石头路就是我从事艺术的摇篮。

还有一条是向北走去的土路,它接上大街的柏油路和石头路。这是我上学的路。我每天饥肠辘辘地打这儿经过。我家穷得叮当响,这条路

　　每个人、每个环境都有各不相同的条件。你想生活过得充实、舒心，你就千万不要赶"时髦"。一讲到"赶"字不是挺累吗？时髦的东西永远是落后的，这话不矛盾。今天穿大花，明天就是小花，后天变成鹅蛋黄。那皮鞋今天是牛鼻式的，明天就成了大方头，后天松糕式的又流行了。真累！

艺术上的狂人其实不狂。狂有什么不可以？创作来潮时止不住的疯狂，我画大画时总是一口气下去，力嘶狂吼，笔飞墨舞，这种疯狂对艺术家来说应该是正常的，而且希望多些疯狂。狂的另一种概念是口出狂言，靠骂人生存，硬在那张嘴上，又不去炼狱中生死相拼，这种人不是"艺术狂人"，是我们艺术三百六十行的另一行。

上有很多卖东西的商店和小摊。香油馃子、糖酥煎饼、南米焖饭、鸡丝馄饨、芝麻烧饼、高汤米粉……二十世纪四十年代的冬天可真冷，我肚里又没有底火，雪花冷风一起向脖子里钻可真够受，只有走到茶馆跟前，一阵热气扑来，才觉得暖烘烘的。我就趁人不见的时候，从筛子里抓一把茶叶咽下肚，这就是我的早点了。啊！我的童年。

即使这样悲惨，我仍常常念在心中。

一九四九年四月，母亲拉着我走到一条满是樱花的石子路上，最后来到一幢幽雅的房子跟前。这儿原是个日本神社，现在成了政府机关。那时济南刚解放，我家无力供我上中学，我便来到这里当了通讯员。在这里，我穿着过膝的用槐树豆子染的军装，腰间扎上一根皮带，打扮实在不伦不类。我打水、扫地、送信。首长姓万，是个老司令员。我给他牵马，走不上几步，裤子便从腰间掉下来。老人骑在马上看着不忍心，便说："小韩，来！上来吧！"说着，他一手抓住我的皮带，把我拉到他的怀里……

我还走过一条路，就是山后那条崎岖的大石路。走这条路到市里去是最近的。我不忘记它，不是因为走了多少年，而是——它是我第一次领工资到市里去买鞋的路。那时的供给制是一斤肉、二两烟叶，还有什么什么的，反正加在一起也不足两块钱，交给家里后我再拿"回扣"，几个月攒起来够买双鞋，因为我穿的鞋已经前后漏风了。上小学时我就羡慕的"胶皮鞋"（即运动鞋），现在终于如愿以偿了。在这条难走的山石路上，我把买回的鞋像请灶王一样，小心地提着，鞋面朝外，为的是让人看它。一路上的折腾就更甭讲了，一会儿坐下来，脱了旧的换上新的，左看右看，走上两步，舍不得穿，再脱下来；一会儿又换上、脱了，再换上、再脱……可真的没完没了。晚上睡前还看上两眼，躺下来，乐了，真是乐得像朵花。这一夜我没睡，拉开灯不知看了它几次……第二天，大家看了我的鞋，都大笑了，这是一双日本战后物资的女鞋，臊得我再也没穿它，可是心疼了好几个月。

这樱花满山的路上，奠定了我一生从艺的基础。我认识了一大批艺

仿國畫效果。

廿年畫一隻不少收美林之助十

一九七五年十余干放淮無戒無筆偶拾牆坂卡紙

艺术上升时期,对拦腰一刀或上去一剪子的人不要记仇。没看到那成长期的树枝吗?剪一枝长两枝,砍一刀长一丛。

人和树一样,不仅要人喷洒,还得有人剪枝。生活里有诗,那是诗人多情的产物。生活里也有画,那是画家多情的产物。为此,有"江山如画"之说,而没有画如江山之理。大自然的一切都可以讲像首诗,你从没听说过哪首诗像大自然。

辛卯年兔八爺值班，中華大地兔旱、兔澇、兔地震。（就差那一点兔，字变兔字）小兔扡哥叫大兔，鳴呼，美林合掌定。

庚寅虎年九州不安，天災人禍從未間斷，海右美林期盼

金钱、美人、花天酒地、车水马龙、鲜花、掌声……那不是你的。你现在是站在举步泥泞，荆棘未开垦的土地上。你要走路，就得开路，走得宽路便宽，走得长路便长。

术家、雕刻家,他们都是来这里参建烈士塔的。

一九五五年我去北京考中央美术学院,这所高等学府谁不把后脑勺贴在背上来看她呢? 初到北京,人生地不熟,我也不问是哪一个校尉营八号(北京有东城、南城等校尉营),东奔西走瞎闯,先是到南城校尉营,一问,不对,又踅回去,走得我汗流浃背,筋疲力尽,总算找到了中央美术学院。一进门,一排小榆树,高高的又细又长,风刮来扫着人们的头顶。我心想到底是人家美术学院,这榆树长得挺艺术的。学院的楼梯又矮又小,上两台不够,上三台又嫌太跨,我心里仍在想,到底是人家美术学院,楼梯也别致!

在这里生活了一段时间,我才恍然大悟,这座楼原是日本军队的一家托儿所,怪不得都这么矮呢! 那些门口的小榆树也是没有修整的结果,什么"到底是人家美术学院嘛"! 打那以后我再也不讲那句话了。

那一年,不知走了多少路,去劳动、去实习、去画画,只有谈恋爱这一项没有。是啊! 怎么没想到这上面来呢?! 在学校除了学习就是疯疯傻傻地唱歌、演戏、集邮、攒火柴盒。我在学生会当秘书,每个星期学生会都组织舞会,我不跳,我有自知之明,又矮又小,何必弄到舞池子里转来转去讨人嫌呢!

毕业了,我当了大学的老师,又开始了我的新路。

三年困难时期,大家都走过,没什么好讲的,但是有一段小路我非讲讲不可。

一九六〇年我来到广交会,在那里布置展览。一天晚上,我们工作回来,又累又饿,而街上和宾馆都没有吃的。这时,那句"仓廪实而知礼节,衣食足而知荣辱"的话显灵了。我们两个老师四个同学,其中还有一个非常文静秀气的女同学,密谋了一番来到大厅二楼,女同学放哨,我们进食品馆,六个"知识小偷"十二只手,大把的糖果抓了满满两口袋……回到宿舍,惊魂甫定,剥开糖往嘴里一放,异口同声"啊"了一声——这些糖纸里包的都是小木头块。

小路虽短,不该走莫去走。上苍给了我们一点颜色看看。

艺术是个最自由的学科

在一切社会科学里，艺术是个最自由的学科。现今严肃科学中的老大数学在微积分的条件下步入到自由王国，圆就是方，方就是圆；正亦是负，负亦是正；A 的根就是 A 的幂，A 的幂就是 A 的根；常数就是变数，变数亦是常数……美术界每天不离嘴的"三维"，是不是美术界的唯一出路？这等于不管大病小病都一律用万金油一样，这能不把艺术给整死吗？公式化概念化不由此产生才是怪事呢！这段话在我的文章中用了不知多少遍，我只希望艺术家们别再走那些"指路人"都不走的路。

我们很清楚地看到，严肃的数学尚可自由转化，而美术只抱着一个"维"，就能吃一辈子？现今科学家已经知道这宇宙存在着多维，从三维、四维甚至二十四、二十五、二十六维等。宇宙在运动，它不断运动的结果引起膨胀而爆炸，那时的宇宙是十一维。艺术家的创作总比科学自由吧？我们能当那盘腿的小脚女人吗？除了"维"就是"式"，很可笑它怎么就是艺术！这是谁规定的?!

……

我长期不参与社会活动，武大郎开的店也从来不进去。其实，我很明白进去要论资排辈，是哪个师爷教的还得回哪里，国画系的怎么可以画油画？工艺系的别想跳槽学雕塑……我看到一些年轻人画得好到令你汗颜，等着排队出山起码排到二〇八九年。我从阴曹地府出来的时候，少喝了几口迷魂汤，所以我狡猾，因为我绕着他们走。你不让我烧香，干脆咱们连佛也不拜了。多少年来我坚持住"单间"，绝不去睡"通铺"。我的苦难告诉了我，一个被子筒里你踹我一脚，我蹬你一家伙，他放个屁，你连个躲的

　　最要紧的,理性是从生活经历上得到的,也包括从艺术的坎坷上得到的。理性是一根线,穿着艺术家的灵魂。艺术的形式和技术决定不了理性。我的理性是良知。良知和良心不一样。良知是理性,良心是本性。良知是三个:一是做人,把人做好,做人是理性的根本;二是生存的本领,你起码能养活自己;三是对世界有所贡献。这个良知就是我的理性,也是我的底线。我从来没有把做人和艺术分开过。

不讲究就俗了,大红大绿不
好玩啊。墨就更厉害了。墨还要
玩出浓淡干湿。浓淡干湿就是调
和色,调和色就是灰调子。黑白
红绿是主角,是对比的,还要靠灰
调子助推主角的精彩。

地方都没有。于是一般活动和竞赛我都不参加。平时躲在小楼成"一统",想画什么雕什么,由着我的性子去啦!这样下来,我又画又写又雕又剪,兴之所至什么都来它两下子,自有乐处!

艺术与科学、宗教、党派、法律不一样,它强调个性,注重个人风格,为此它不可以"接轨",借鉴可以,取代不行。世界艺术大同之日,就是世界艺术末日到来之时!艺术绝不可吃大锅饭。艺术上做学问的人不去争那个奖那个位子,本来它就是兴之所至的事。自己高兴,朋友满意就行了。

艺术家的感觉世界

我们强调艺术家的感觉世界,因为它是我们艺术赖以生存的最大财富,先天的才能只是一个有利条件,而不是唯一的条件。艺术家一生辛勤劳动才是走向艺术辉煌的阶梯。靠"炒作""起哄",自己拔头发是没用的。那些歌唱界的"天皇""巨星""皇帝""歌后"们,咱们美术界的人千万别红眼。他们是自我封侯,自作多情,几年后能记着一两个就不错了。但是有些画家已经提前一步了。其中尚有个别七八十岁的"夕阳红"画家,炒得沸沸扬扬,几千年才出他一个,他是"里程碑"还兼任"转折点",世界上就他是"画王",他骂了张三骂李四,骂了古人骂今人!我劝老爷子收收吧!别再弄些废画撕给记者看了。我们画家都不是生来就有名的,你早知道今天出名何不连你小时候的尿片子也留起来呢。你冷静点听我说一句话:咱们画家可不是梦露,你脱光了未必有人买账!千万不要忘记,艺术家不能靠作秀,而是靠实实在在地做学问。既然你肚子里装着中国和外国的美术史,你完全应该明白哪一个大师也不是"炒"出来的,"转折点""里程碑"也不是自封的。

慈烟忽晴复忽紫崖
来空自瘆上上海（木鱼听
宿林响如是苍猿
物奇声涔涔
气月美林
眼疾见云天

艺术家形成自己的风格不是
发誓做到就能做到的,而是在继
承传统的前提下适应现实的结
果;还是源于对传统的再发现,对
传统文化投射的审视,也出自于
艺术家对国家命运和民族的忧患
意识。

搞艺术的人和匠人有区别，主要就是匠人有局限性，或局限于一技，或局限于一题，终年穷月，无大差别；而艺术家不仅需要"牵扯上一大堆知识面"，而且要逐渐地形成艺术家自身需要的知识链。

书法"七字"

　　我教学生学书法,只用七个字:选、拓、临、仿、脱、变、飞。后来也用在学画和做人上。

　　选。不言而喻,就是选择,选志向、选专业、选字帖、选老师……这是一个人学习、做人、起步定向的十字路口。学艺术首先是要有兴趣。没兴趣,可以另选工科、理科或别的科目。到了艺术大门里,选音乐、选美术、选戏剧;选了美术以后又选油画、选国画、选装饰;选了书法还要着手选字帖:选甲骨、选钟鼎、选隶、选楷……在十字路口上,启蒙老师很重要,这像火车道的道岔子,一毫之差,相距千里,万万注意这个"选"字。

　　拓。是描红,在书法学习的过程中,不仅初学的孩子需要描红,大人也需要描红,不过用双勾的方法罢了,这主要是学书法中的运笔、间架、结构和章法。这个阶段在学画中不多涉及,学画都是用临摹的方法学习线、形、色等奥妙。

　　临。书法中"临"是一个很重要的也是用得最多的方法,它给初学者加了一根拐棍,写起来有依有靠。学画的过程中,临摹也是一个重要的环节,虽然没有书法集中,但分量也不轻松。活一辈子如果不打算骄傲自满的话,那么临摹是你终生的朋友,它像记日记一样,记录你每天看到的新形式、新风格、新形象(不管是土还是洋)。

　　仿。不看帖背着写,还要写得像"老师",这是把拐棍开始扔掉的一个环节。画画也是要走这条道的,除了写生和创作之外,拿出部分精力用在学习、借鉴上。对敦煌壁画、大同石雕临了来,还必须有一个模仿的过程,对它的笔法、色彩、造型、风格等也来一番创造性的探索,拿出一部分时间来进行这种训练,对将来艺术上"脱壳"大有裨意。

脱。这是质变的前兆。书法学习过程中，临摹了大量的帖之后，还不能只会默写就算完成，还必须"脱壳"，要有一种信念："写出自己来。"不要写王羲之，也不要让黄庭坚出来为你张罗。学画也是这样，一定要"脱壳"，要画出自己的来。

变。经过不断的探索，你变了，由丑小鸭变成了白天鹅，这个时候赞赏多了应酬多了，时间少了骄傲来了。艺术上的变来之不易呀！艺术上变的同时，人品也经历着一个大变动时期，就像宇宙飞船经过大气层一样，经得住，熬过来，就完全成为一个栋梁之材；经不住，熬不过来，就完全有可能用这一技之长变成个江湖骗子和我界的明星。这个时期是艺术上的危险时期，因为这时是画变、法变、人变、环境变的"时来运转"的黄金季节。

飞。当然是到了下笔有神的境界，一方面是指艺术上到横涂竖抹、随心所欲的自由阶段，自己的立意，自己的笔墨，自己的技法、章法和题材，所谓"逸品"就是这个阶段的产物；另一方面，飞，也是超脱，思想境界的超脱，无视那些世俗、名利，除了还食人间烟火外，他进入了另一个精神世界。

玩抽象艺术，中华民族绝不落后，玩虎石、京剧脸谱都是很抽象的玩意儿。尤其上瘾的莫过于书法艺术。除了甲骨文和金文里还有点象形的字之外，到了狂草就不亚于吃摇头丸跳舞的假小子傻丫头们那狂劲儿了。

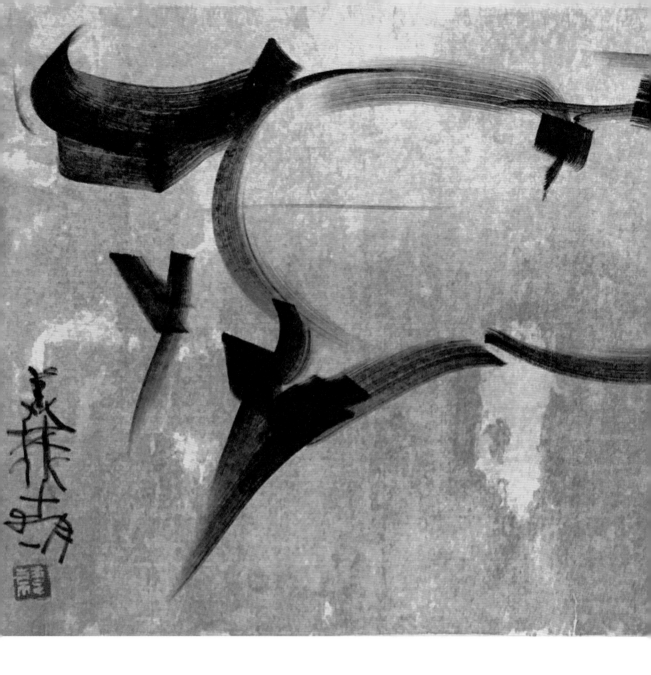

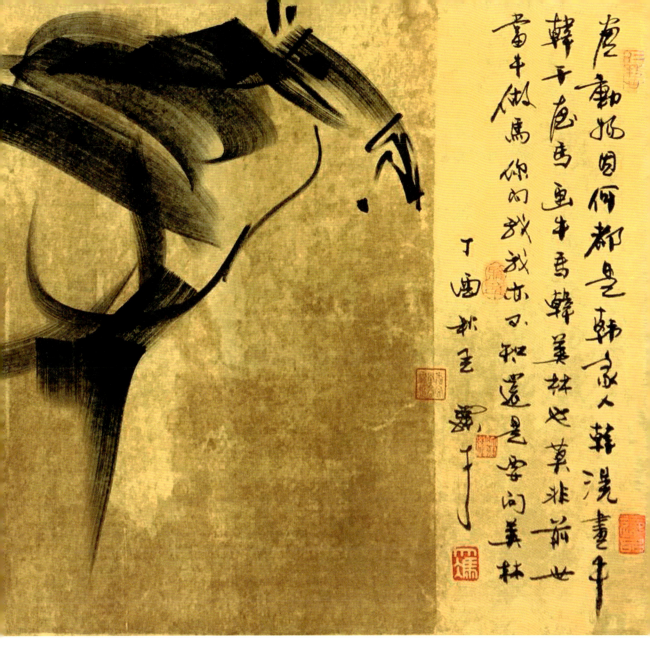

中国元素是渐渐形成和不断发展的。每个时代都有变化，但也有局限性。历史越长，积淀越厚，艺术家认识越深。可是在这个过程中，每个时代都有局限性，王羲之、怀素也没见过金文啊，毛公鼎在道光年间才出土的。

所以说，中国元素也是动态的。远古时代东西方艺术各有长短，没有固定的元素可言。我认为各有一些特点和亮点——在那个时代这些特点和亮点，就是元素。

新鲜不能代替新形式

前几年美术界流行古代梳着高髻的仕女，她们细细的身子，长长的水袖，身上软得有七八个弯。这两年又出现了粗粗几笔，大大的棉裤腿，用逆光个个画成煤矿上来的煤黑子。另外一种干脆是"毕加索、米罗和达利派"……这种现象乍看起来是忽洋忽古，今中明外，实际上这正是新的艺术形式难于出现、外来形式又少见多怪的非常困难时期。文化上的禁锢，使一些人一看到外国的就拿来当新的，这是因为新鲜所致，尽管外国的某些形式早已过时，非洲的一些土著不是还不知道什么是香烟吗？美国的一个服装设计师，还拿我们山东农村打火石用的小火镰当成女孩子们的荷包呢！新鲜不能代替新形式，很大成分是少见多怪，不光美术界这样，哪个界都有。咱们一些北京歌手学那港台发嗲的"普通话"，甚至一些男歌手也都学娘娘腔，这都是让人笑掉大牙的事。

艺术不乏单纯刺激的作品，它不一定是标题音乐或词曲相匹。但是有一条必须记住，作品不论是高雅或通俗都要"过瘾"才行，刺激绝不是过瘾，号叫也绝非豪壮。

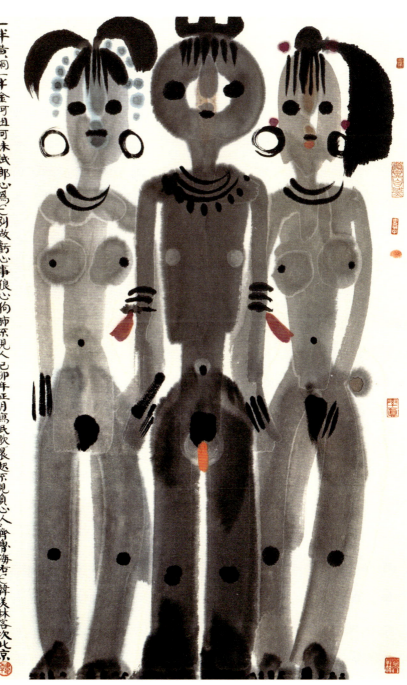

林凡并书 海右月 辛秋卯己 声啼一天晓 近晚

秋山月黑风高雨直欲欹

什么叫现代？说穿了，不是把西方的搬来就叫现代。我们很多年轻人不理解这个概念，从国外留学回来就想取代民族的东西，这是不可能的。几千年的民族文化，你能取代吗？尤其是陶瓷，在艺术形式上恐怕是最早的。我认为不能用外国的来替代传统，外国的造型不一定是新，我们的不一定是旧。传统和现代的概念千万不能从表象来区分，更不能贬低传统。

为鸱鸺匡正

人不可貌相。其实任何事物都不可以貌相。

这宇宙,这大自然,这万万千千的物种,如果以人的好恶为标准那可就完了。更甚的是为了一个童话故事中某一个形象的美丑、好坏,竟然也会千年不得翻身。在中国,一个癞蛤蟆、一个猫头鹰就没混出个样来。诸如:"癞蛤蟆想吃天鹅肉""癞蛤蟆垫床腿""夜猫子进宅""武大郎玩夜猫子"……总之,它们都属于丑类。

人们反复无常,喜欢时就夸一顿,不喜欢时就骂一通。本来小狗、小熊、小狐狸是非常可爱的,人们把它们当宠物爱得跟宝贝蛋一样,但是翻了脸时什么"狼心""狗肺""狐狸精""熊包""驴脸""王八蛋"……全都落了个"可耻下场"。

动物学界、生物学界、生态学界本来就各有己见,艺术形象就更是没边没沿了。它不分什么科什么目,艺术家侧重外在艺术形象的选择,不强调有益有害;侧重随心所欲,不拘一格,只要艺术上具备着典型性,什么形象都可以拿来全心全意为人民服务。老鼠谁不讨厌?米老鼠的形象红了一个地球,热了一个世纪。中国民间过春节"老鼠娶媳妇"的剪纸也红遍半个中国。《西游记》中的猪八戒,《聊斋志异》里的黄鼠狼,比哪一个"明星""靓哥"都受欢迎,千八百年来人们照旧喜爱它们。

其实,对人造成威胁的不是这些"熊包""狗肺",而是人本身。这大气污染、环境破坏、水土流失、温室效应……全是人为所致。扪心自问,谁会骂自己呢?人们在吵得红头绿脸、龇牙咧嘴的时候,总是指着对方,恶眼恶鼻子地把祖宗三代都抬出来出气,何况这些小动物,当出气筒不是小儿科吗?

全世界每年遭"熊包"致死的不超过三条人命，老虎、狼不是饿急了绝不侵犯人类。数年前我去非洲，住在利比里亚中国大使馆，从前院到后院不足两百米，竟有二十多条眼镜蛇和响尾蛇站起来"欢迎"你。但是绝对安全，因为你不碰它，它不会伤害你。

信不信由你：一只小小的蚊子，每十五秒就要人一条命。这世界也怪，怎么没有骂蚊子的？而猫头鹰每年消灭上千只老鼠，也没见给它报功的！

猫头鹰的眼是猫眼，要不也不会起这个名字。西方美女就把猫眼当成一个美点，赫本就是猫眼。至于那一睁一闭的功能，其它动物如海豹、海豚都有，这种功能叫作"单半球慢波睡眠"。变色龙的眼睛不但一睁一闭，还可以一前一后，干吗老挤对猫头鹰呢？鹰嘴，中国人叫鹰勾鼻子。相对来讲，中国长鹰鼻子、大鼻子、酒糟鼻子的人不多，但是欧洲人却不少。你死去活来，挠心挠肺地聆听第九交响乐、匈牙利狂想曲时，不会想到贝多芬、李斯特他们都是大鹰勾鼻子吧！那爱因斯坦、托尔斯泰大胡子上面都长着一个大鼻子，可没人看着不顺眼。猫头鹰叫声不怎么样，半夜吼上一两声，准会起鸡皮疙瘩。不知大家去过"卡拉OK"没有，那里的"歌声"狼嚎一样，你听了简直都想上台杀了唱歌的

人。猫头鹰的叫声与他比一比,能排上"一级杀手"吗?

希腊女神雅典娜就是猫头鹰的化身,她是"智慧之神"。澳大利亚、埃及等地拿猫头鹰当"图腾"崇拜,在这些国家它是老博士,是有智慧、有学问的象征。知识界里见得很多,诸如书店、图书馆、杂志,都用它作标志。

一九八〇年我去美国举办画展,圣地亚哥的市长授我金钥匙时,会场墙边竖着美国星条旗,讲台上是一只非常漂亮的大猫头鹰,旁边一个碧眼金发的小姐专门照顾它。这种颁奖形式,我当时真感到"别有一番滋味"在心头。

猫头鹰为了这不怎么样的一声吼,落了个灾难、恐怖、死亡、黑暗、幽灵、不吉利的恶名。其实人也如此,喜欢拍马溜须,说得比唱得好的人,总比喜欢实话实说的人多,这是人类一大"爱好"。所以猫头鹰告知人类,遇事得一眼睁一眼闭着。

我的画中猫头鹰占不少比例。十几年前我去黄山时,人家送了我一只猫头鹰。没有巴掌大,吃肉比我馋,一天到晚不离我,像个孩子,它那一睁一闭的阴阳眼像个小大人,老谋深算的样子很可笑,更可爱。我

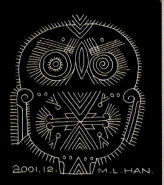
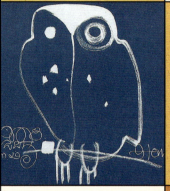

给它照了不少照片，没有不说好玩的。平时爱开玩笑的我，把最好的一张夹在工作证里代替我的相片，朋友们见到都大笑不止。一次去邮局取款，严肃的服务员说："这是你的工作证吗？"我说："是。"他把工作证一扔："你看！"我傻了眼。

猫头鹰长得很美，有人养着当宠物也不是这个世纪的事了。今年我在深圳，半夜起来为夜猫子抱不平，下床提笔，用了两天时间画了三百多幅"讨人嫌"。还想画下去，身体跟我闹别扭，住了半个月医院，不然还跟它没完没了。

我满肚子装着上千只猫头鹰，待我恢复了元气，有朝一日再掏出来见公婆吧！

艺术不仅可以表达感性的东西，也可以表达概念或推理的东西。那些超未来主义、解构主义、精确主义、辐射主义等，自己想当"主义皇帝"的人，都是从没事剔牙仰卧、一会儿自悲、一会儿英雄的时候想出来的。其实，进入创作高潮的时候，全是"去他妈的！"，过瘾就行了。

青铜

　　一提到青铜二字，就使我联想到战争和一切：刀枪剑戟、兵戈甲胄、鼎爵钟盘；想到奴隶社会、封建专制、独夫民贼、草菅人命；想到凌迟车裂、斩首剥皮、活埋暗杀；想到殉葬祭典、棺椁陵墓；想到甲骨钟鼎、石鼓砖铭……

　　青铜铸造起于夏代，已有三千七百年历史。自上古至大唐帝国无时不在战争中生死起伏、胜败聚散，以至铜源耗尽，才由宋开始以瓷代铜，结束了几千年的青铜时代……尽管宋以前几千年的文化，青铜仅仅是其中一部分，但是我满脑袋装的可不是这几块铜，而是两个冲动填胸的概念——一曰中华民族，一曰战争和平。

　　所有空间对于艺术家来说都是艺术空间，你看到那个地方，自然会想到放上一件什么艺术品，你对那空间一定会有艺术感觉。

　　艺术是顺其自然的，你只管把你的事用心做了，由着你的性情做了，风格是自己形成的。风格是无法追求的。矫揉造作、装腔作势不是风格。需要说明，我在设计上下的工夫是最大的。我在设计上用的时间比画画用的时间多得多。

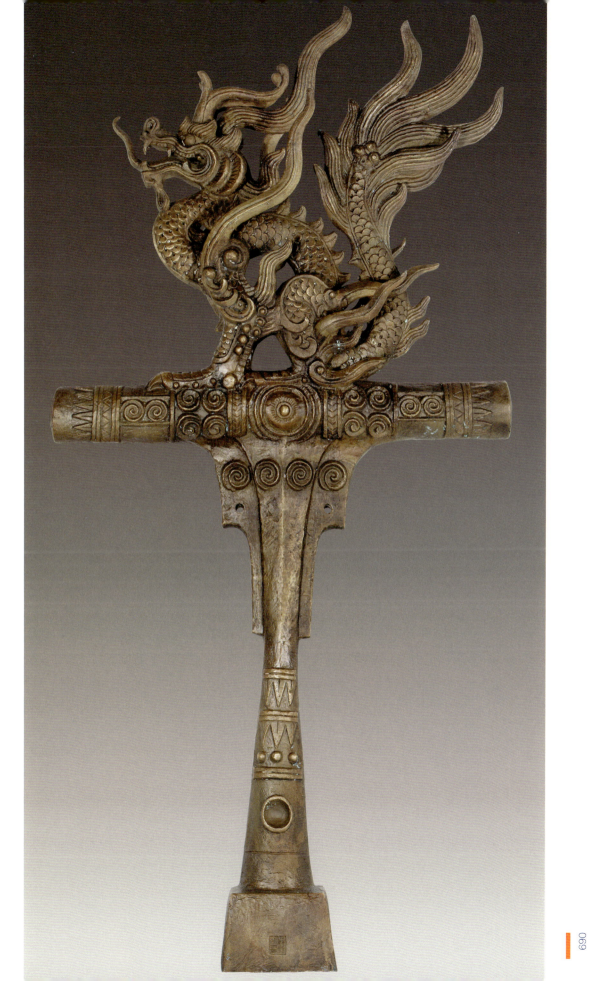

我倾向于传神，但解剖是我的基本功，而且必须有这个基本功，人体的结构、比例，这些我都掌握了，关键是学中国雕塑的传神。比如我在湖北荆州刚刚落成的二十八米高的城雕《关公》吧，我不是把他作为一个关公，一个神化的历史人物来做；我把它当作一个正义象征，当作一座山来做；当成一阵雄风来做。雕塑还必须有一种感觉——神秘。

艺术的"真实"

　　自然科学按照家庭、血统分成科、目,按危害性分褒贬标准。艺术创作中要讲形式美、形象美和根据它们性格来划分典型。童话故事中,猎人总是和小鹿、小兔、小熊猫围着篝火跳舞,他们在一起,谈的都是老虎、狐狸、大灰狼的事,小松鼠在猎人肩上跳来跳去……可哪有这种事? 这是童话家编出来教育孩子的,松鼠可没有胆量站在猎人肩上,猎人见它们就要……这是艺术,不是生活的真实。生活里,猎人绝不那么善良,灰狼也不至于去当狼外婆。艺术家只是从生活形象和性格决定爱憎和取舍的,对它们糟蹋不糟蹋粮食,或者危害森林什么的,那艺术上就管不了这许多了。

　　人们都说梅花是傲雪斗霜、冰肌玉骨、英姿飒爽的花魁。我以为不尽然。因为和梅花一起越冬的岂止是红梅、白梅、腊梅?我们还是到山上去吧! 扒开厚厚的积雪,你会看到在白皑皑的雪被下,千百种妍丽的小花,白的、紫的、蓝的、黄的……各色各样都有,它们和梅府的姐妹一起度着这难以忍受的严寒。我们看到如此众多的小生命,是怎样坚忍不拔地活在这个世界上,我们歌颂梅花的性格时,不要忘记那些小姐妹——山花野草。要记住你第一次见到她们时激动的心情和感受,那些小生命个个都像孩子一样,向你眨着眼睛亲切地招手,你完全可以从她们身上得到大量的书本上见不到的形象资料,这时你会感到图书馆和"死里求生"是个多么小的天地啊!

从"五四运动"以来就形容早晨天空出现"鱼肚白"，成千上万的文学作品没完没了地用来用去，都快一个世纪了，可怎么没人形容夕阳西下叫"鸭黄蛋"呢?!

艺术的大门

　　进了艺术大门不要只想到那些文艺界的绯闻、掌声、鲜花、号叫。静下来悟一悟，这个大门的学问最苦，有人干了一辈子文艺工作，不一定就是个艺术家。诸如：叫二大爷的相声、靠哆嗦肉唱歌的歌手、画一种牡丹或竹子吃一辈子文艺饭的画家、遇到角色外去演自己的演员……这是一种没有文化的文化现象。这些人虽然吃了一辈子文艺饭，但一辈子也没进了文艺门。

艺术没有侥幸。有些效果看似偶然，实际上是在很多年功夫基础上很自然出现的，绝非碰巧，没有手头功夫就出不来那东西。

快活的大苍蝇

　　学我韩美林吧！我时时刻刻都是一个快活的大苍蝇,这一生什么羞辱没受过？仍是滴溜溜的大眼睛,头发不秃牙不掉,上楼下楼都是三阶两阶不含糊,要不是心脏换了零部件,还不就成精了！其实大家都很清楚,每人都有一本难念的经,文艺界朋友叫我"铁蛋""大男孩",说到底我也不"铁",更不是"孩",换个活法就是了。没心没肺能活百岁,问心无愧活得不累。其实真累！我还有一个优点,说改就能改,即使是口头语也能改。这来自我坎坷的生活,用达尔文的话来讲这叫"适者生存",只要你说得对,我就能改。不对就笑一笑,别让人失了望。这一写猛一看,我还是个精人,精什么,吃亏上当的也"玩"了不少。我想只要不给别人亏吃、不坑害别人就行了,做人不就是要的这个标准吗？与人为善,与人为善呀！善可以善,但是不要善得太窝囊,我就是属于窝囊之流的人。黄永玉说:"韩美林说的坏人一定很坏,因为他轻易不给人下结论;他说的好人你千万别相信,才不一定呢!"这样的结论我只有不自在地笑一下,因为他说得蛮对的。

　　我认为,只有从坎坷的生活里走出来,才懂得爱。我曾经得不到爱。在监狱里边没人给我送衣服,你知道单裤单褂、烂被子是怎么从一个个冬天过来的吗?一天只有放风时才看到一次天空,下雨只能听到雨声。等我回到人间时,我有一种激情,我爱生活的一切,直到今天。现在吃完饭,桌上有几粒芝麻,我也会用手指沾了放进嘴里。我常常会跟大自然、跟动物,也跟我画的动物说话。我认为这和我的人生经历有关。人间最大的爱是母爱,我感觉我用母爱对待它们。不论小蛇、小狐狸、小熊,都把它们当作孩子,就这么简单。

生存

生命对一切生物只有一次。不会说话的小草也知道怎么顽强地活下去。在艺术家眼里，一切都是生命，一切都有灵性，一切都知道它们要怎样活下去。

沙漠里有一种生长在热浪沙风里的小草，扎根二十多米也要把那小米和绿豆大的花和叶长下去，它们是为了那个"生存"二字。在那样的沙漠里，即使你见到那种方头带刺、一见就起鸡皮疙瘩的毒蛇，你也想不到它是一条"毒蛇"，也想不到去"杀了它"，以解人们对"毒"字之恨，而你想到的是"生存"二字，你佩服的是它们怎么会在这种恶劣的条件下生存下来?! 见到这蛇的人，没去杀它，反而感到"它不容易"。

善恶、美丑在一定条件下都是可以相互转化的。

我们看到巍然屹立的大树，它挺拔在高高的山巅峻岭上，什么春夏秋冬狂风暴雨，它都是一个英雄一样伟岸而独立的形象，但是在艺术家眼里也可以把它看成一个恶魔，一个霸主，它能把所有的阳光、雨露、水分、土壤都占了个遍，柔弱的小草无立足之地，这样，小草便成了可怜的、无能为力的、饱受欺凌的弱者。不过艺术家又看到，有的小草，尤其是攀缘植物，不但爬上庞然大树，还扎根在大树中吸它的营养、缠它的树干，然后又爬到树顶上铺天盖地"一家人"似的在那里开花结果、生儿育女。而被塑造成"英雄""栋梁""伟人""良材"的大树却让不成材的藤科族们吸吮缠绕，枯竭而死……

这里有生存斗争，有你死我活，因为他们也想在这个世界上活得潇洒，活得有头有脸，这里有人的影子，而没有人的贪婪。

我的作品里绝大部分是动物，它们是人类的朋友，也是生长在地球村的成员，我们人类没有权利把它们毁灭。试想，这个世界上一切都消失了，只剩尴尬地站着，手里抱着一堆钱的人，这世界还有意思吗？

创作时是忘我的，更
不会想"七法八法"的。命
都放在里边了。许多歌唱
家、指挥家、演员不都是死
在舞台上，连莫里哀也是
死在演出中的。

基本功不硬不愿下苦功，只喜欢在功夫外耍些小动作、小聪明。你没想到一旦出了名，所有这些手脚等于把自己绑在耻辱架上。做学问的人可不能走这个"捷径"。

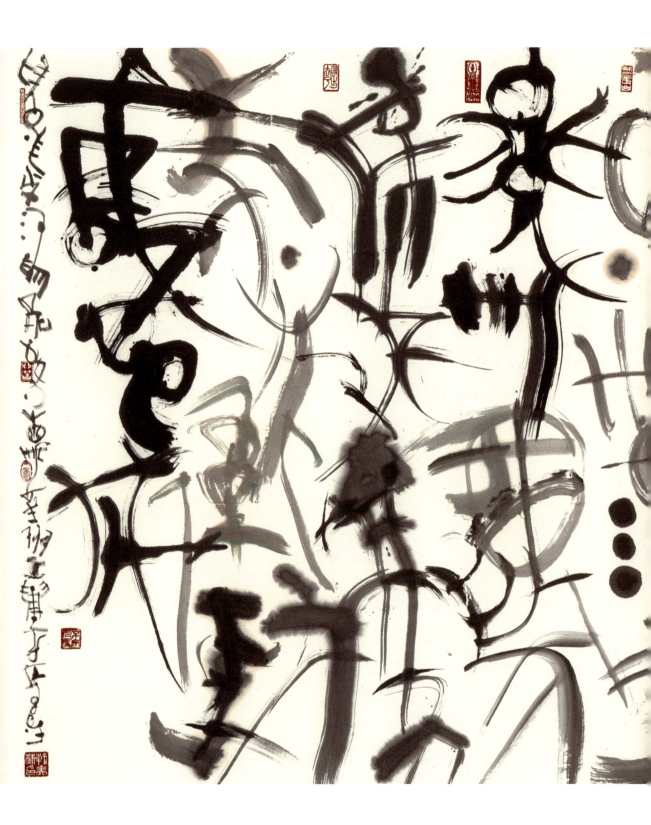

他们去了江湖

　　艺术上的成功，不能说明你已经脱离了苦海；在鲜花与掌声中，不一定你就升了天堂。不少艺术家一看到这个眼花缭乱的世界即驻足不前，这里有金钱、美女、名誉、地位，有前呼后拥，有人前马后肉麻的吹捧，中了魔一样的陶醉……这里不是天堂，只有堕落，艺术生命在这里已经窒息，这些艺术家就在"此地"落户安家不再前进了。他们改了名，叫"大师"，叫"客户""葡萄李""牡丹崔"……他们去了江湖。

作品不值钱没关系，人不值钱就不好了。我希望艺术家们珍惜自己作品的价值而不是价格。艺术家不要忘记对社会的责任。

艺术强调个性

我不认为有什么"先知先觉",那就成神仙了。但是艺术家确实有些超前的东西,他在不断破除自己原来的观念和想法,这他自己也想不到。中国的毛笔和墨不得了,确实是我们国家和民族的骄傲。比如我创作的时候,墨里面要掺入水、过夜的茶、石榴水、酒精、酱油,产生了化学作用,最后出来的纸面效果也不一样。内容也是这样,你搞这样的,我搞那样的,艺术强调个性和独立性,有为的艺术家肯定把传统和现代的结合做得很好。我们对艺术的思索,也包括着认识民族艺术这个本体。

我不是为评奖而来,我是来看"新",有没有新的东西出现,尤其是在艺术形式上的新。比如有一个像坨子一样的作品,我就没选,我弃权。我这次有六票,但就选了五票,为什么呢?因为我选的是艺术标准。那件作品有技巧,拉坯、修坯、上釉、描金,创作者的确下了很大功夫,但是不好看。从艺术上来讲,它没有给人带来美的享受。我认为这就不够,所以我就不选。

我的记忆力好，联想力强，再加上平时对自己的"魔鬼训练"，还有长久以来的积累和储备太大了。我感觉我现在已经不是鸟"下蛋"，而是像鱼"甩子"。当鱼肚子都是鱼子时，一碰它就甩出好多。说到积累，就像云彩，积累了大量的阴电阳电和水，积累得愈多，雨下得就愈大愈多愈急。我有时感觉自己像狂风暴雨。

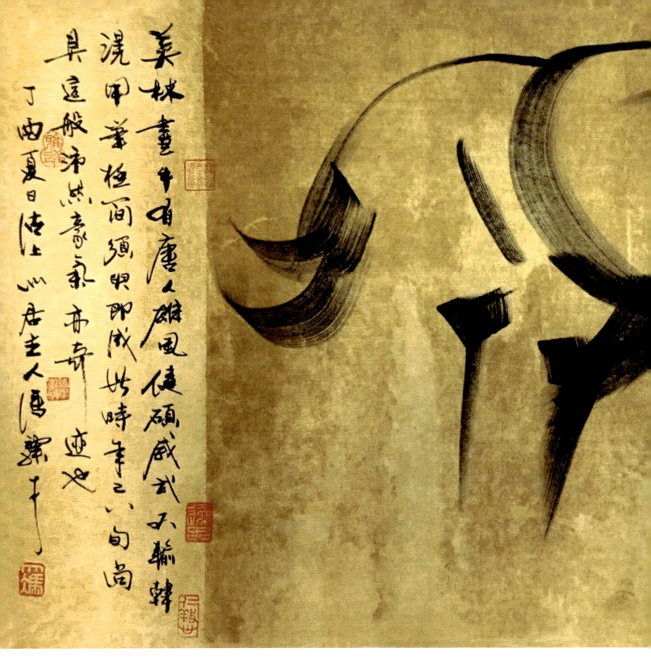

美林畫牛有唐人雄風健碩威武不輸韓
滉用筆極简而頗與即成妙時率三旬尚
具這般沛然豪氣亦奇迹也
丁酉夏日漓江山居主人馮驥才

　　我再给你拿几个词举例，"简要"是什么意思？"简"就是留住"要害"；"概括"是什么意思？"括"就是让你把所有重要的东西都综合进去；"提炼"是什么意思？就是"炼"啊，炼铁成钢，炼沙成金，老君炼丹啊，中国人的词真厉害！所以我认为，中国的文字灭不了，中国文学就灭不了。

这"两下子"

　　生活是鸡、鱼、肉、蛋、油、盐、酱、醋,艺术家就是厨师,同样的材料你也不一定能做好。做好就要下苦功,别老是感到人家在台上唱得轻松,或是展览上看不起那几块诱人的墨色。对有雄心的人来讲,这几块墨色是来之不易的,绝非用"野、怪、乱、黑",或是"傻、粗、黑"就能否定得了的。虽然是"两下子",可这两下子就是一辈子,有的人甚至奋斗一辈子也没得到这"两下子"。

灵感会在你不断积累的劳动中频频闪现,它像逐渐积起的水分、云层、阴电、阳电一样,每当天空划上一道令你激动的霹雳闪电,这时将是大雨倾盆的雨季到来了。大雨就是你的作品,每一滴雨水就是你的血汗。

"下蛋"的季节

近几年来不务正业，放弃了画画，做起雕塑来了，其实我无心于雕塑这一行，可能过几年再回去画画。什么时候？我说不上来，顺其自然吧！

这几本铁笔线描是在构思雕塑时，顺手画的一些手稿，虽然不成熟，但是它很自然，也可能年龄到了"下蛋"的季节，一动手就放不下来，信不信由你，这三本书是我不到一个星期画出来的，坐下就没动窝，等画完了，也患了一屁股褥疮。我不后悔，我觉得很值。

这些牛呀，马呀，鸡呀，人呀……都是我"儿子"，看不出毛病来，自己的孩子再丑也是他娘的宝贝蛋，所以请各位行家指点，做雕塑是第一次，拿着钢笔画画也是第一次。

人家都说我是"动物画家"，准确地讲，可不能叫我这个名字，我是个人物，怎么成了"动物画家"呢？说我这一二十年在画动物，这差不多，可不能说我不是个"人物画家"。我一直在画人。我是美术学院科班出身的，怎么画不了人呢？为此，一口气画了不少人，有非洲的，有欧洲的，也有我身边的人，信不信由你，我所到之处，从来都是先把人物放在头里的。

我个子不高，但志气不小，我不画、不做、不雕亦罢，要画、要做、要雕，就必须要搞出个尖尖来。我做的雕塑很大，可谓世界之最，一只老虎有二十米长，紫铜锻造的牛，也有十五米长；我烧陶瓷就要烧那种"黄金有价钧无价"的钧瓷；我做紫砂陶器与顾景舟老人合作，卖的价钱也"前无古人"，可"后无来者"不敢保证。

说了一大堆，其实我在拿着苦头当成快活腔来啰嗦。

这几年，我带着几个徒弟做了不少巨制，但也尝尽了酸甜苦辣。作为黄土地上的一条好汉，我无须向读者吹吹嘘嘘地渲染自己。作为一个艺术家,不吃点苦头也成不了器。我们冒着大雪,饿着肚子,或是站在八九米高的钢筋上,光着膀子,汗从裤管里向下淌,一边啃着馒头、喝着汽水,一边唱着"红高粱",我看是别有风味。

我们墙上写着:英雄笑忍寒天,上牙打下牙;好汉不怕茹饥,前心贴后心。横批是:上下贴心。

人活在世上都不容易,也包括坏人在内(他们活得更累)。我们搞艺术的虽然苦一些,但是有点名有点利,看看煤井下的工人、黄土地上的老农,一年四季,世世代代……我的干劲就来了。

人活着充实就是最大的幸福。

这里我向读者再说明一些技术上的"窍门"。艺术没有捷径,但有"窍门"。道里的窍门就是经验,譬如,我画国画,就往水里掺过夜茶,掺过酒精,掺过绿豆汤……画出来的效果,你一定会脱口而出:"嗬! 真过瘾!"再譬如,我用叶筋笔画铁线,不是像常规一样把笔毛理顺,而是正相反,将笔往砚台上踩上几下,然后再用剪子剪掉旁边儿撮毛,剩下一两撮画起来绝对老苍。再譬如,我画的这些钢笔画,不仅有线还有面,还有苍笔。这些"窍门"很简单,我将笔舌头拉出来,把它磨平,与笔尖成为一个斜度,这样产生了多种调子。

我希望大家试一试,这比用一种线,或是只用排线来画的效果要好得多。技法是不值得保密的,我经常将一些方法教给好学的年轻人,但是我也告诉他们,技法是学来的,灵气是学不来的,要从各方面注意加强自身的素质,发现自己的聪颖。要知道联想力比毅力重要,有的画家苦干了一辈子不是也有出不了壳的吗?

一口气写了这些啰嗦话,再写下去人家就讨厌了。对年轻人就再讲一句吧:人家说我们不行的时候,千万别生气,那正是我们前进的动力,不要光听好听的,难听的里面才有真理。在这里我特别要感谢耿本清同志,他对我的鼓励与支持不是两三笔的分量。

说鼠

作为画家,从形象的角度来看,老鼠不丑。但是生活中的老鼠名声可不怎么样,譬如:鼠目寸光、獐头鼠目、贼眉鼠眼、无名鼠辈……反正没有一个是好词儿。

艺术家倒是帮过它一些忙,迪斯尼的米老鼠、我国的民间传说"老鼠娶媳妇"等等,没有把它说得太坏,都讲它挺聪明。其实,它就是丑在那根蛔虫似的尾巴上,如果换成松鼠尾巴人们就不会那么讨厌它了,殊不知松鼠也不是省油的灯,它的破坏力也极强。

单单从生存能力上说,我对老鼠挺敬佩,不信我列出几条理由来,不算我吹牛。

一、它的生存史比人类早两千三百万年。俄国有一种麝鼠,已经在地球上生存了三亿多年,全世界的哺乳动物有四千多种,其中鼠类占了一半,所以十二属相里它是老大,咱们能不佩服吗?

二、它什么都吃、什么环境都能生存。鼠类的大家族可不是吃素的,有的联合起来吃大动物,甚至吃人。不管在热带、寒带、沙漠、高山、深水,都有它们。它们还有更大的本事:不怕开水烫、不怕烈火烧;原子弹实验基地其他生物没有一个存活的,只有老鼠还健在,照旧生儿育女、大摇大摆地活着。

这一切,人类可不是对手。

但是从破坏力来讲,它们的"业绩"也会令人咋舌:一个是瘟疫,一个是破坏。

六世纪的一次鼠疫,要了全世界一亿多人的命;到了十四世纪,又一次鼠疫要了几千万人的命。老鼠咬坏的东西不计其数,它什么都咬,它吃掉的粮食仅在中国每年就有一百五十亿公斤。

这些数字的确挺吓人,但咱们这篇文章不是要跟老鼠算账,所以留下点笔墨讲讲正题吧!

老实说，我是一个时间的穷人。回到北京的那年我就已经五十岁了。我的青春是在劳改和坐牢中度过的。我在号子里只能用筷子在裤子上练画。现在时间真正到了我的手中，我只有不停地画。我的一位朋友知道我见纸就画，我去他家串门时，他就在我身边桌上放许多纸，我坐在那里，不经意扯过来纸就画，等从他家走出来时，一沓纸全画完了。

当然，整体感是一件作品的先决条件，我绝对注意。为什么我的画很强烈，因为我是学装饰的。纯搞绘画的不行，一般绘画在几公尺外就不管它了。但装饰必须颜色强烈，形象强烈，老远就得看到它，这个最重要。毕加索也抓这个，展览会上第一个看到的就是毕加索。这也和他学非洲、搞陶器有关。

人活一生不容易。我不是一个多愁善感的人,这一生虽活得有滋有味,但绝不是泡在甜水里。其实我一生多坎坷,好在心里始终装着一个"活命哲学":没心没肺,能活百岁;问心无愧,活得不累。快六十岁的人了,上楼梯都是三阶两阶地往上蹦,走到哪里都给朋友们带来笑声。活干得不少,赔得上吐下泻,也一笑了之;八九十岁的人跟我互称老少爷们儿,七八岁的孩子和我互磋诗情画意。心底一汪清水,没有过夜的愁,也没有过夜的气,所以也没有过夜的病。

生活启发了我如何观察这个世界。我想,任何事物都有个正反、阴阳、对错、长短,作为一个艺术家,不能单方面看事物,得对任何事物、任何形象都感兴趣。有人认为小猪是笨拙的代表,狐狸是狡猾的代表,狼是凶残的代表,小白兔是小弟弟,梅花鹿是公主,老猎人是善良的代表,他和小兔、小熊猫、小松鼠都站在一起,专门对付大灰狼。唉!你要是信这个就上当了,哪一个猎人有这么善良?哪一个猎人见了小白兔、梅花鹿不开枪?记住!事实上最残忍的不是大灰狼,是猎人!

这个美好的世界赐给人们一个美好的环境,有山有水,有花有草,人们却贪婪地猎取一切,将来地球资源被掠夺殆尽只剩下老鼠的时候,人们会感到大灰狼比猎人可爱。那些捕猎几十只熊猫取皮的猎人,你能说他比大灰狼好吗?

令我担忧的是我们的下一代,独生子女的世界。他们像小皇帝一样地生活,是否有小老鼠那样坚忍不拔的生存能力呢?能有水烫火烧都不怕、沙漠冰川难不倒的精神吗?人们为了显示那点"蛋白质""氨基酸""微量元素",疯狂地向那些濒临灭绝的动物袭来。熊掌、猴脑、虎骨、犀角……各路神通广大的人,对着这个有限的世界寻找它们的踪迹。将来的人,若战胜了大自然,仅仅剩下了人类自己,动植物作为人类的朋友销声匿迹,人活着还有意思吗?相反,人类将来保护不了大自然,不言而喻,这世界就是老鼠的。

人们可不要学老鼠的破坏力,应该学它顽强的生存力。记住,适者生存,不然大自然会向人类算总账的!现在世界上老鼠的数量是人类的三倍,将来会是多少,大家算算吧!

不宗凡马自奋蹄

每个人都在寻找自己，艺术家更是如此。如果他不是这样苦于探索，而是学得几手小计，混碗糊口的饭，那么这些人就不是艺术家。世界上任何一个艺术家在探索艺术的道路上，没有不是苦行僧的。天才补救不了勤奋，只有他们互相补充，才能使艺术家到达成功的顶峰。何况艺术的标准不同于数学，他没有一百分。

看了来者画的画，不言而喻地证实，他在苦苦地寻找自己，上苍把艺术家给指到一个没有终点的道路上来，让他一生追求，没有止境，没有驿站，这是天职。

三十年磨砺，来者终于运用自如地在笔墨上达到自由的王国。他的"趣墨法"在我们画家的作品中偶有局部出现，但是都没有留意去发展它。细心的来者把它请出来，能大面积运用，给了它整体形象，给了它魅力，尤其是那些惊涛狂浪、云雾山水，平添了中国画神秘而浑厚的气派。我平时对人讲："一定要活得潇洒，哪怕只剩下两角钱，也得潇洒潇洒。"艺术与做人是一样的，这一笔一墨千万可别小看了它，那不是一笔一墨，那是心灵的眼睛，艺术家的血汗，知音朋友搔不到痒处的艺术陶醉。

这其中都是酸甜苦辣，甜只占四分之一。可是有些画家苦求一生连这一笔一墨也没得到，在这浩瀚的人生大海里，还没露露头就再也没有浮上来。

民间艺术中最要紧的，就是动情。一动情就厉害。不动情，喝油都不长肉，动了情——神仙也挡不住人想人。

　　我讲的这一点不是没有道理，来者肯定赞成我一个小小的体会，一个艺术家没有自己的特色就不成为"家"，那些"葡萄张""牡丹李"之类的江湖画家，与那些"刘半仙""孙天师"弄鬼装神的人没什么两样，这还不如"馄饨侯""艾窝窝"，后者起码吃起来扔掉的不多。

　　为此，来者这三十年的磨砺，对于"杂技画"他深知不陷此境的体会，是他勤奋的结果。艺术不能玩杂技，那是一些蠢人才干的事，这些人虽然谦虚，但也不亚于那些吹牛造神的画家。总之一句话："哗众取宠"。我们经常看到那些拿舌头、拿指头、拿巴掌、用口吹、用双手、用脚，甚至还有更下三流的拿屁股坐上画的荷叶……这不能叫"百花竞秀"，因为艺术是学问。

　　不要看到画家画起画来挥洒自如，潇洒有余。那只手，那支笔，那脑袋上的所有神经都在紧张地绷着劲呢！这一点知道的人不多。

　　来者这一切都做在了前头，我预祝他将来获得更大成功。

告诉你，我的动力可不是甜，不是鲜花、美女、掌声，往往是"羞辱"二字。"羞"是自己做了害臊的事，"辱"是别人给我的侮辱。我可不是要复仇。我讲过"给我一块铁，我也能把它化为动力"，因为我追求人品画品这种东西。做大人，不做小人。

说不出道不明的"那个"

"文革"后我不画人体,怕惹事。近几年我却画了不少,原因很简单——开放了呗! 提起人体,几千年来都没一个公正的说法。总之,他是"祸水"。其实,他是"大宝天天见",他是大自然的杰作,是人们一生下来就得到的精神兼物质最绝妙的礼物。人体是什么? 我讲不好,但是我知道他是世界上最说不出道不明的一个"那个"。尽着人们的才智,即使最丰富的语言、最优美的乐章、最浪漫的诗歌又怎样呢? 再能耐的画家,再瑰丽的色彩,再潇洒的线条也抹不出人体那些微妙的、独到的、抓耳挠腮的"美"来! 从人体上读到语言、听到乐章、看到高尚、悟到神圣……谈何容易!

我们直观人体,不能限于人体上那几个不多的"零部件",那里有深邃的学问,含蓄的语言、摄魂的魅力;有大浪淘沙、有丝丝秋雨、有黄土高原……在艺术作品中有千年文化,有高山流水,有绿草茵茵;有震撼,有哀怨,有火焰,也有沁凉。在艺术家的眼里,还有深不可测的联想,宏伟的框架,缠绵的情丝,道不出来的柔情,悟不出来的装点,花了眼的色彩,是活脱脱的艺术"真人""真形象"。这一切的一切都是从人体里读出来的。

秋暮歌丽袁荷
颗颗冷珠雨过月华生冷澈
鸳鸯浦畔双栖惜别却
上饮庸无侣奈此个
传玉笼共歌念於娜言浅

乙酉书笔八月写柳变甘州子齐翁时海者七羡林

我喜欢古典音乐，莫扎特、肖邦、德沃夏克、舒曼、贝多芬……太多了，也听美国乡村音乐，还特别喜欢民乐民歌。我边画边听，高兴时自己还唱起来。有了音乐，每一条线都是享受。有时唱片停了，不换唱片时，脑瓜就给自己配上乐了。

空乏其身行拂
亂其所為所以
動心忍性曾益
其所不能

丙申年十一月十三日中
秋節晨起陳筆書孟
子告子下
吳林八十
齊魯滂古之
北京

天將降大任於斯人也，必先苦其心志，勞其筋骨，餓其體膚

"三江源"就在那里……

我每年都开着大篷车带上我的学生下厂、下乡,几十年如一日,从不间断。

十年前的一次万里行,我们走了三万公里,从北京出发,历经九个省市(北京、河北、山西、陕西、河南、山东、江苏、浙江、江西),当从山西行进到陕北横山县时,在黄土高坡上,我们六辆汽车上的人一齐向下看,不约而同地嚷着停车——我们看到下面一群男女老少顶着七月的骄阳,坐在洼地上看戏……

见到这民间社戏,那高兴劲儿就甭提了!我们车上的人全部出动,电视台的那几架摄像机这下可派上用场了。

红红绿绿的"舞台"上正演着《霸王别姬》,那条紫色灯芯绒上几个黄色大字"横山县艺术剧团",寒酸的横标被太阳烤成"M"形,没精打采地耷拉着,并没给演出提起什么精神头,天太热了。

我们走了过去,看到坐在土里的老乡。这里很少下雨,不论是人、车,还是毛驴,走起来都像"土上漂",更形象地说像"一溜烟"。

那个舞台还叫舞台吗?薄薄的一层土铺上一些高粱秆,演员在台上深一脚浅一脚,上来下去,可真难为他们。我的泪花不由自主地在眼里打转,我在想,这种天气、这种条件放到我们城里的"名角""大腕"身上,扛得住吗?那些口口声声下去"为人民服务"的腕儿们,无论穷乡僻壤还是水灾旱灾,他们打着"慈善""捐献""访贫问苦"的旗号,少一分钱也绝不上场,拿了钱也一分不捐,撒腿就走。

我在贵州凯里就见到一位女歌星去苗乡"慈善"演出,临上场时才狮子大开口,要十五万,这穷地方哪里去弄那么多的钱!可

　　艺术劳动应该是忘了玩，
忘了睡，甚至忘记了他的生命，
才能换取一点点成就。
　　艺术创作中的"涌动"和
"灵感"，天才一半，劳动一半。

　　艺术是感性的产物，不
是理性的产物。我的创作感
性多于理性。当然，这个感
性不是想当然，理性的东西
是艺术家的底线，底线是一
种理性的依据。创作时，有
这个底线就够了。

没钱她就不上场,结果开幕式愣是没参加,下午谈判结果是——给五万元另加一个"爱心大使"称号。

当时,我们的大篷车带着几十万准备去那儿捐建一所希望小学,然而那些干部根本就不理我这个傻"大腕儿",他们花了那么多人民的钱却得意地当了回"大头粉丝"。我看这希望小学的事是没戏了,就带着钱没希望地回到了北京……

我已经被横山县艺术剧团的演出弄得走了神,来不及收拾这一串串的"浮想联翩",不相信现在还有这样的"下乡送戏"的人民艺术家?!

本来下乡是汲取中华民族艺术的营养,但我怎么也没想到,在做人上他们给予我们的启示远比艺术上汲取得多。

我看到三伏天里,这些"霸王""虞姬"穿的都是露胳肢窝的戏装,可这并没有影响他们认真执着的演出。这汗水如洗的大热天,他们是人还是神? 我百思不解。

民间艺术家们虽步履艰难,仍执着不疲地活着、演着、苦着、唱着。

我没有忘记下乡的目的——为了艺术,来向生活求教。

我看到那个兵败如山倒的霸王退到乌江边,见到虞姬自刎的那一场。本来秦腔的做派、唱腔就有一股豪里有悲的气吞山河之势,霸王一上场"哇呀呀"一声吼,见到虞姬三步并作两步弯腰将她托起,仰天高啸,吼着那绝了望的、触及灵魂的秦腔。他抓住虞姬那把乌丝往嘴里一叼,左腿一抬,金鸡独立……顿时我感到一股英雄气概,没想到这拔山盖世的楚霸王也有这落魄的今天! 但见他把头一扭、大吼一声向前冲去,自刎于那滚滚乌江里,千古英雄就这么与美人同归于尽,死不瞑目地走了……

这托着美人、叼着头发、金鸡独立,挪着那碎碎的哆嗦步的场景……我作为一个艺术家,见到过各个剧种的霸王与虞姬永诀的艺术处理,都没有他们处理得那么悲怆。

这三伏天气,我流汗,我流泪,我心潮澎湃。在这小小的山洼洼里,我惊讶地发现她竟是藏龙卧虎的中华民族创作源,是现今艺术家们还未开垦的处女地,即便我有八张嘴也讲不完对这几千年丰富文化积淀的感受。

演出结束后,我们赶紧去了"后台",看到化了最简单不过的妆的"演员",最千金不卖的破烂"戏装"和没了盖的道具箱(几根烂得再也不能烂的烂绳子,一个十字捆就算打包了)。没有什么可以表达我们的感动,我给了他们每个人一千块钱,他们以惊讶加丈二和尚的表情呆呆地看着我,噙着眼泪向我跪谢,"谢谢!谢谢!"一个劲儿地唠叨……

我赶紧拉起了"霸王"(他是团长),我说:"要说感谢的应该是我们,我们全国的艺术家都是延安来的艺术前辈培养的,我们是来学习的……"

在热浪里我找了个箱子坐下来,我们聊得不错,什么话都说。剧团在这个贫穷的老革命根据地每天演三场,老百姓没有钱,都是给一分、二分的,给五分算是大钱了,一天的收入才七八元钱,却养着十七八口人,饿不着就是了,至于吃肉那是天上的事。

回奔延安的路上,我心里思绪万千,他们也是文艺工作者,每天收入不到十元就能满足,给他们一千元就下跪,我们呢?我们一些大腕儿们呢?他(她)们有"光环",有"德艺双馨",还有"访贫问苦"的"慈善"事业,他(她)们不给钱就不干,给了钱就走,有的腕儿们下了飞机还要求铺红地毯呢!

我们高高在上的"艺术家"们不应该反思吗?

一趟陕北下来,我深知我们下面的"艺术家"(没人把他们当作艺术家),他们虽步履艰难,尚且那么执着不疲地活着、演着、苦着、唱着。他们招待我们喝的浑浑的苦水是从二百米深的井里打上来的,他们吃的是黑粑粑的糠窝窝,像当年老八路到老百姓家

要想抓住狐狸
过猎人兴善良

别找猎人 因为猎人早已堕落 哎千狐指要找就找它爸:. 狐狸爸:最知道怎样躲
们交朋友。二〇〇五年十二月十二日齐鲁海右人美林为人类的朋友请命。

看画不要近看,近看
五颜六色容易花眼,拉远
一点才好看。看历史、看
事物、看人物、看一切的一
切都如此,静下来、远看去
总有个说法。

一个艺术家的全部意义不在他成功之时。他不沉湎于那些名利、美女、上下、高低,他陶醉的是那些无休止的探索不尽的未知数。

里吃"派饭"一样,好心的大妈大娘为他们贴粑粑,至于他们的戏装,走到哪个村,哪个村的"四妹子""兰花花"帮着缝了又补、补了又缝……真是"鱼水"之情,我能不感动吗?

"人民"的艺术家,还是"人民币"的艺术家?

我经常低头自忖,我们算"人民"的艺术家吗? 还是改革开放以来的"人民币"的艺术家呢? 首先我们的"艺术"在哪里? 现在不仅歌唱界在走穴,美术界、书法界不也是在走穴吗? 而且还是这些部门的头头们带头走穴。旧社会有李百万,现在可不仅仅是李百万了,现在是张百万、刘千万……

没有上过学的农民艺术家不一定没有文化,上过大学或吃了洋饭的"艺术家"梳的把子再大也不一定有文化。我们的歌曲不乏"想你、想你、想你……""我的泪、我的心……""给你一个吻,还我一份情……"来到陕北我才知道,我们一些"艺术家"不懂什么是"情"、什么是"想",因为他们根本没动过"情",更不会去"想",一句话,他们还真不如陕北的那些"三哥哥""四妹子"来得实在。为了表现思念,他们在歌中唱道:"心想着你,喝油也不长肉了……"表现走西口的哥哥为了早早回家见亲人,在歌中唱道:"不大大的小青马多给它喂上二升料,让它三天的路程两天到……"这些词你不觉得有灵气吗? 拿了灾民三十万不留一分钱的腕儿们能唱出这种挖心窝子的歌来吗?

那个"霸王"就更甭说了,我们看过多少让霸王拉着空架子装腔作势的动作设计,再和这悲怆、触人灵魂的秦腔根本成不了正比,难道这些不值得导演们一思吗?

霸王临走叼着头发的处理,尤其是那单手抓发,一拨、一拧、一叼、一托、一抬,在视觉形象上处理得天衣无缝,这种处理,用他们最简练的回答是:"头都杀了,能让他甭拉着脑袋走吗?"这个"走"字也用得很精彩,虽然解释得通俗,但说的绝对准确。

为此,我想到我们当前的一些"艺术家"只顾"实际"地去赚

我举一个例子,徐悲鸿和林风眠他们都是留学海外,再回头来研究中国的民族艺术。现在,很多的现代艺术全盘照抄西方的思想和方法,否定本民族的文化,这是一种无知和倒退。

钱,不去做学问,不知道中华民族艺术上的巨大"财富""规律"和"贡献"全都寓于民族民间艺术中。不下去生活,不体验千百年的中华民族艺术的真谛,得意扬扬地陶醉在自封的"天王""皇帝""歌后""巨匠""大师""鬼才"等这些自作多情的称呼上,那是艺术?

艰难拉水的"长征"队伍,澎湃起我们强烈的社会责任感。

三十多年前,艺术家们都是经常下去"采风"的,现在有几个采风的呢? 那时的艺术家比起现在的"三栖""两栖""想你想你"不知要高上多少倍!

我深深感念三十多年前艺术家创作的歌曲:"九里里的山疙瘩,十里里的沟,一行行青杨一排排的柳,毛驴驴结帮柳林下过,花布的驮子晃悠悠……九里里的山疙瘩,十里里的沟,一座座水库,像一洼洼的油,羊羔羔叼着野花在大坝上逗,绿坝绣上了白绣球……"

还用说吗? 这些音乐家在色彩的修养上,都是高手。一句话,他们根本就没离开人民,没离开这块生养他们的文化土壤,这是中华民族,这是中华文化。

我们下去感受什么? 是旅游吗? 不是。是走马观花、玩表演、搞炒作吗? 更不是。我所见到的一切——草滩、高原、小曲、高亢、羊群、马嘶、枯井、涩水、姑娘、小伙、暮老、佝偻以及喜、怒、哀、乐、酸、甜、苦、辣、看、画、聊、做、哼、讲、捏、剪……还有锣鼓、戏曲、民歌、舞蹈、岩画、土陶、剪纸、村长、农夫、大官、小官、县长、秘书、司机……信不信由你,下去以后这些概念会让你有翻天覆地的新认知,你会重新塑造你创作的艺术典型。

水,本来不值钱,但到了西北,即使一滴发黑的水,也是他们的命。在西北的小学生、老教师、老黄牛、小毛驴,他(她)们是一群相依为命的群体,为了水他们放下功课去四五十里地的黄河边拉水。这个长长的队伍,使你能想起长征时期的老弱病残队伍,想起爬雪山吃皮带的真实的、镜头式的联想……这里连小鸟都很少来，因为没有水。

这个"长征"队伍艰难地向前挪着脚步，队伍后面万里无云，湛蓝的天空和路旁的羊群、小鸟，上天落地似的跟在这个拉水的"长征队伍"后面，他们就是为了追上这个"水队"抢啄那一滴滴水花……

这铺天盖地的人、鸟、羊、驴，说不出多么壮观的场面——这不是求亲送嫁，而是追求那一滴黑黑的活命水呀！

你绝不会为"壮观"二字而感动而赞叹，你这时的所有的感知就只有一个"心酸"而已！

让我们的艺术家来感受一下吧！这里是现实的生活，是活生生的娃儿、牛儿、鸟儿、羊儿……但绝不是那些装腔作势的"啊！祖国……""啊！那晴空里飞翔的鸟儿……""啊！那迎风摇曳的花儿……"

为了生存，为了一滴水而造就了如此壮阔的场面，不要讲有血有肉的艺术家见到这种场面，即使是小偷掺在这个真实的队伍里，起码他也要屏住呼吸而有感于人生艰辛。而此时心潮澎湃的艺术家所感受到的是强烈的社会责任感，是绝对的、抓心挠肺的表现欲和创作欲，于是他们发誓要写出那种可歌可泣、摄人精魂的作品来！

心灵的升华，一定来自于生活、来自于现实，这里所讲的不仅仅是艺术，它同时带动了人生境界、生活视角、人生选择等种种方面的飞跃。我所强调的是，艺术家把这种上来下去的机会多给自己安排一些，甚至应该把它当作与自己终生事业不可分割的天职。

我是中国的艺术家，是中国"陕北老奶奶"的接班人。

已古稀之年的我绝对没有古稀之惑，我的头发未脱，四周一圈没一根白发，看晚报不戴眼镜，一画十几个小时从没感觉累……

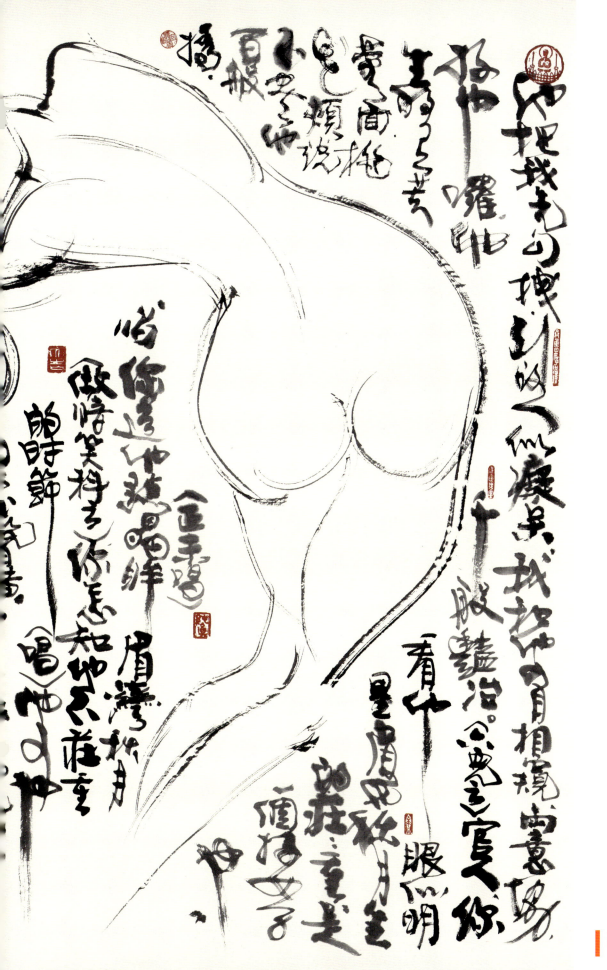

以篤父子，以睦兄弟，以和夫婦，以設制度，以立田里，以賢勇知，以功為己，故謀用是作，而兵由此起。禹湯文武成王周公，由此其選也，此六君子者，未有不謹於禮者也。以著其義，以考其信，著有過，刑仁講讓，示民有常。如有不由此者，在埶者去，眾以為殃。是謂小康。

丁亥筆仲春三月廿一目書兩節七後書孔子禮說禮運余展書此文贈友以為治備身之萬古箴言 齊魯滷吾之邦美林之時君帅 杭州西子湖上人壽夢餘寶七十又一

大道之行也，天下為公，選賢與能，講信修睦，故人不獨親其親，不獨子其子，使老有所終，壯有所用，幼有所長，矜寡孤獨廢疾者皆有所養，男有分，女有歸。貨惡其棄於地也，不必藏於己；力惡其不出於身也，不必為己。是故謀閉而不興，盜竊亂賊而不作，故外戶而不閉，是謂大同。今大道既隱，天下為家，各親其親，各子其子，貨力為己，大人世及这是画家的起飞之年,是画家的黄金年龄段,是结果不是开花的时节,因为什么?很简单,画家就是一个积累的职业,灵气算什么?没有积累就只能画老生常谈,一辈子几朵牡丹,几朵梅花,几个印刷一样的人云亦云的题材。

这样的职业不仅仅是艺术家,作家、医生、船长、编辑……都是越老越出色。

艺术家活到这个年龄对这个炎凉世界早已与"少年不知愁滋味"站在楼上假叹息的年少朋友不在一个层面上,一生走下来什么没有见过呢!学到的、读到的、看到的、听到的,身历其境的酸甜苦辣喜怒哀乐,太多了!而那些磨灭不掉的记忆,却是一生筛选下来的浓缩的精华,它们是艺术家黄金创作年龄段的最有价值的素材,它决定了画家、作家、音乐家们独特的风格、形式选择和起跑航线。

画家在这个年龄上方才一显身手:齐白石、黄宾虹、朱屺瞻、黄秋园等大家们,都是起飞在这个年龄段上。别看不起那一笔一墨,那不是两下子的事,那是用一辈子求索才换来的点点滴滴。

人生就是这么一次,选择艺术作为终生事业,那也就认了,但是这个职业绝不是鲜花、美女、金钱、地位,它的确是像科学家(地质学家、古脊椎动物学家等)那样沧桑一生,枯燥无味,默默无闻。他们为了一个公式、一个发现而长年漂泊在荒山大野或与小白老鼠、玻璃试管为伍的生活空间里,他们来到这个世上就是为了那个分子式、一加一、白垩纪、三叠纪、第二曲线、第三曲线……这些伟大的科学家们才是人类中更值得鲜花、掌声一片的拥有者,试想今朝无电、无车、无房、无药,没有这一切,你那"天王""歌后"上哪儿吼去!

不言而喻,我为什么要大篷车,要下厂、下乡,要和老乡们一起捏、一起画、一起唱、一起舞、一起聊、一起哭,我和他们的关系已经不可分割。我所有的创作没有悲伤、没有倾诉,和这个中华

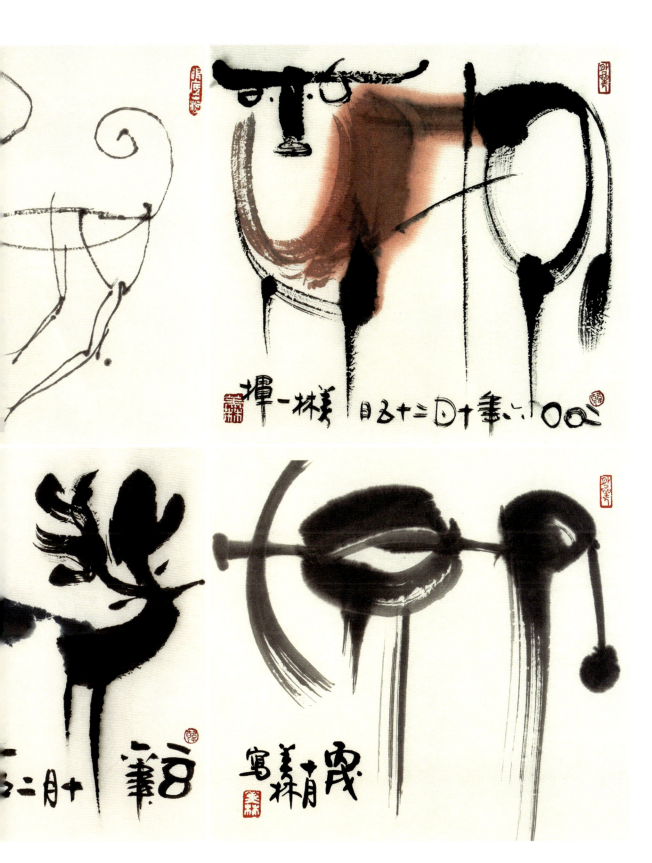

民族一样，再受伤害、再遭洗劫，仍然屹立在二十一世纪，而且是那样朝气蓬勃地走在世界的最前列。

我走这条民族现代化的路，虽然看我笑话的有之，尖酸刻薄批判我的有之，但我不在乎。我心想，我跟着中国大地的"陕北老奶奶"们是没错的。她们的后方是长城、黄河、长江、喜马拉雅山，那里屹立着千古不灭的龙门、云冈、贺兰山、黑山、沧源、石寨山、良渚、安阳、莫高窟……我自己是"中国的儿子"。我也大言不惭、问心无愧地讲，我是中国的艺术家，是中国"陕北老奶奶"的接班人。

至死不忘叼在霸王嘴里的那把黑头发，至死不忘那个长长的人、鸟、牛、驴、老少男女艰难拉水的新的"长征"队伍……我没忘了人民，没忘了祖国……

我还要不断地创作下去，深入下去，大红大绿下去，"野、怪、乱、黑"下去，为了中华民族，为了中华民族文化——她的风采远远还没在世界人民面前展现……

我希望每年有成千上万的大篷车驶向民族艺术的"三江源"。那里有俯拾即是、取之不尽的艺术上的宝藏。

"三江源"就在那里……

对于画，纸不是重要的，形不是重要的。对于我，神是重要的，美是重要的，激情是重要的。感性站在最主要的位置。艺术和人是什么关系？艺术是升华人的文化。为什么搞艺术是一种享受呢？因为他享受人精华的东西，也享受自己。我这个人性格分明，我只看主次、黑白、是非、爱憎。我对这些东西有激情，没时间搞调和色，不喝温吞水，要不喝个冰嘴的，要不喝个烫嘴的，温吞水讨厌。做人我喜欢李清照那句诗"生当作人杰，死亦为鬼雄"。

在黄土地上扎根

为了在这片黄土地上扎根,每年我都带着学生下乡下厂,我们的大篷车经常游弋在农村小镇。前年去了七个省、无数的县和乡村,共跑了三万多公里。虽然花了些钱,但是我们全体上下大小们就说了一个字:"值!"我闭目自思,为什么我的创作多年来从不枯竭?为什么我在每次的创作大潮中没有寻寻觅觅?最重要的一个原因是:我从来都把传统和生活连在一起,使我的创作不断,而且是看得见的像小学生一样天天向上。从我来到这世上,不是贫穷就是坎坷,不过令人难解的是:我在艺术创作上从来是顺之又顺,可以说天天出新招。这是我为什么活得像个快乐的大苍蝇的原因之一。

　　人类可以说话，也可以动手、动枪、动炮。但是动物不会，植物不会，水不会，能源不会。作为艺术家，不能光会画画，更要关心世界，关心地球的石油、天然气、水资源等等。

　　艺术家就是要站出来，为地球说话，为水资源说话，为空气说话，为大自然说话。

"圆"和"方"

　　我还记得张光宇先生为我们上的那堂课。他话不多,主要是通过现场示范来讲学。在对象的眼睛和肩膀的具体处理时,他曾启发我用"圆"和"方"的方法来提炼。一字千金,短短几句话,令我终生受益。你看我的这些画,千变万化,基本的语言正是圆和方。"圆"和"方"的审美观,是高妙的辩证。有人说,我的画是抄袭的,如果这指的是我"抄袭"了老师有意让学生"抄袭"的美的真理,我乐于承认。我认为,真理是需要继承的,需要"抄袭"的,原始人不可能一下就懂微积分,人类之所以能进步,是因为前人的经验可以利用,可以"抄袭",我们都不能否认艺术真理的继承关系。继承意味着发展和转化。数学的常数有时就是变数,正就是负,负就是正。在微积分的条件下,圆就是方,方就是圆。光宇老师一定愿意看到他的艺术经验被学生们转化成了不同的形式和风格。"方"和"圆"的理念,包含着归纳、概括、提炼、对比的经验,是一个很大的窍门。光宇老师教给我,令我一生受用不尽。

　　虽然只是两个字,"方"和"圆"要引申地说大有文章可做,但是张光宇从来没去渲染和标榜。他的特点就是务实。他不善辞令,讲起课来也不甚精彩,他总是在踏踏实实地求索。

"装饰"画派

"印象派"就是一种"装饰"画派。印象派的色彩,大红大绿,附着于真实的东西少了,感觉的东西多了。所以我愿把印象派也看成是装饰艺术。民间艺术,也是主观感觉的成分更多一些。装饰是艺术家从必然王国进入自由王国的阶梯。酒里加点尿、粥里加点碱,结果怎么样,味道更好!装饰使我们可以理直气壮地调配世界,可以摆脱自然主义的羁绊而升华。我在一个大展厅里看画展,一下就叫毕加索的东西抓住了。因为他的东西有装饰性,有独特的风格特征,所以夺眼。精彩的艺术都是有装饰性的。我带回非洲一个老太太做的木雕,变形极妙,很多人都误以为出自毕加索之手。好的装饰,总是比自然主义的写实品位更高。我庆幸自己早早从写实的路上抽身出来了。我认为,装饰绝不等于甜俗和小气。相反,装饰更有助于我们去创造大体量大气魄的作品。它便于夸张,便于发挥想象,也便于施工。托"装饰"的福,我们近年在济南、大连等地搞了一批大型群雕,一只虎有二十米,一只牛十五米,一只鹰高达三十米。不难设想,用写实的方法去表现,就没什么意思了。

既然我们的装饰已经形成了一个流派,我们就应该理直气壮地弘扬它。我们可以自豪地说,装饰就是为衣、食、住、行服务的,我们就是要渗透到生活的每一个角落,包括满足人们眼睛上的享受。任何绘画作品只要挂在墙上,就存在与建筑是否协调的问题,就有一定的装饰性。不承认自己的作品有装饰性,就请你把画收起来。

回顾一下,艺术劳动和其他劳动一样,下什么种子结什么果,苦果也是果,总比不结强,那些流汗撒种的人,必将欢呼收割。

HAN MEILIN.

2006.9.10.

我们祖宗留下来的七法八法七十二法还少吗？绘画创作用哪一法才能画好呢？我真迷惑。我知道我画起来的时候是什么法也没顾上。

民族文化根基

　　现在的福娃，我感觉这不是我的作品，设计的时候受到太多外界的影响和干扰，要是完全由我自己决定，肯定比这个要好看、好玩。还有一个很大的缺陷就是没有把中国的文字放进去。

　　我们在学习外国文化的同时，必须回过头来重新认识中国，重新接受中华民族的文化。二十一世纪是需要文化的，国家的崛起必须要有文化的根基。没有文化，国家的发展就是建设在沙中的大厦，是不坚固的。几千年的文明古国，不能没有文明和文化，我们应该重新认识。现在的美术教育全是西方的教育方法。文化界一些人热衷于宣扬中国的愚昧和落后。我们的动画从业人员世界第一，但是没有自己的品牌和漫画人物，这也是没有文化的表现。

福娃欢欢
Huanhuan

福娃迎迎
Yingying

福娃妮妮
Nini

北京欢迎你
Beijing Welcomes You

在我的艺术里,你可以看到远古的东西,可以看到岩画,可以看到古代的铭文,可以看到古陶。你也可以看到民间的东西,民间的年画、民间的剪纸、民间的泥塑,这些民间的色彩在我的画里都有。这些东西都是民间艺术对我的教育。

民间艺术和古老艺术一样,都是我们民族文化和艺术的源头。

世界很奇怪

　　人比动物强在于人用脑子，所以生存方式花样就多了。动物只是上帝给了多少用多少，应变能力与人一比只能"兄弟本领有限了"。我难受的是再狡猾的狐狸能狡猾过猎人吗？

　　世界上还有几种动物没受人的侵害？咱们吓唬孩子时老是把老虎和狼搬出来，岂不知虎崽、狼崽从虎妈妈、狼妈妈那里听到的可是"人来了！"在非洲有个民族娶个媳妇必须得杀死一只狮子，这狮子能不灭绝吗？所以幼狮一生下来不到三个月就得学会狩猎和警戒。小小的羚羊生下来十分钟就站起来走路了，第二天就跟着妈妈以时速五十多公里逃命……

　　为了生存，小海龟一生下来就往海里跑，小小年纪要游上五千海里才到达它们生存的南美洲。我们人呢？一个十五岁的人也还是个孩子，十五岁能跑五十多公里吗？十五岁能不断地游五千海里吗？我们刚刚生下的婴儿能在十分钟站起来又走又跑吗？

　　世界很奇怪，我们人类生活比动物强，为什么？因为人类用脑子。也正是这个脑子，人类为自己创造的生活条件，又使人类的生存能力逐渐退化而不及动物，这相辅相成的道理，在人类文明史上早已被证实。将来人类文明有可能被文明所毁掉，这表现在替代人类劳动的高科技，以及能源无休止地开发、大气污染、环境破坏、植被减少、水土流失、人口膨胀、教育失衡……

　　小的东西没有丑的，小牛、小马、小老虎哪一个也不丑，老鼠再丑也是它娘的宝贝蛋。不管从老鼠它娘还是凭良心讲，小老鼠大大的耳朵、小小的眼、一根粉丝尾巴拖在后面，我看是挺美的。可惜的是，这老鼠从古到今就没混出个样来！

　　有一次你问我都从哪些民间艺术里拿到东西。告诉你,我对民间的一切都好奇,都学,都从里边拿到东西,刻的、雕的、画的、印的、染的、织的、编的、挖的、剪的,还有布的、纸的、草的、泥的、石头的、木头的,等等等等;还有其他兄弟艺术,民间的戏曲、舞蹈、锣鼓、民歌、民俗、节日,我喜欢跟他们一起跳、一起唱、一起捏、一起剪、一起讲故事、一起笑、一起抹泪,我从他们身上拿来最多的东西还是做人。

公元二〇〇九年十二月十二日为庚寅年写虎 韩

庚寅虎年至写虎娃寄情今月之世界兽王亦无棲身之处美林嘆

生活中有喜、怒、哀、乐，那就先一个"乐"，乐可解苦。事业上有酸、甜、苦、辣，那就先一个"苦"，苦中有乐。

艺术上有万千流派，那就先一个"土"，土亦是洋，亦是时髦，亦是世界水平。即使追求抽象艺术，中国也不乏抽象形式，书法、脸谱、虎石等都非常抽象。

换个活法

　　人家都说我像个孩子,因为有时说话没深没浅、没上没下,跳跃式的思维说着张三,来了李四,经常像半路杀出来的那个程咬金。

　　我爱幻想,盯上一个镜头就没边没沿地联想下去,开始想到的是怎样使马铃薯不退化,到后来脑袋里说不定幻想着杨贵妃要是活到现在多来劲儿……从孩子时候起铺上凉席躺在地上看着天河,一直到六十多岁老翁一个(我死也不承认我是属于老翁辈的,我刚开始呢),还做着牛郎织女、嫦娥奔月的梦。我总感到这个大千世界什么都是问号,几十年来就没改这毛病,也不想改。

　　譬如:看到水,我就想,水到底是什么体?它到一百度是气体,到零度是固体,常态是液体,可以说它又是气体,又是固体,又是液体。但是到了高温一千度呢?到了零下一千度呢?咱们都白了眼啦。

　　再如,人,走来走去,男人、女人、高人、矮人、胖人、瘦人、长发、短发、大眼、小眼……肚子里那些心肺有善有恶、有勇有怯,那些肠子、胃里装的都是油盐酱醋、鱼鳖虾蟹,都养着一个与别人不同的灵魂,这灵魂是什么呢?怎么一个人一没了灵魂,这七尺(也有六尺的)身躯没两天就烂了呢?不管那窝头咸菜、鱼翅燕窝,归根结底都是碳水化合物,怎么吃到肚里就变了样呢?人有喜欢数学的,也有喜欢考古的,有画画的,也有唱歌的,有当小偷的也有当和尚的……没法说。

　　人是什么?从哪儿来的?将来又往哪儿去?咱们人类的脑袋瓜里又装了些什么?听说上十亿百亿的细胞每个都能装二百多信息,那将来人脑袋全开发出来怎么办?地球受得了吗?

　　科学家在不停地发明长寿药,说人可以活四百岁,这世界能源这么缺乏,养着几十亿老妖精,多吓人呀!

　　宇宙,你到底是什么呀!你真的没有边吗?你把我们安排在地

没有什么最重要的。我想到什么干什么，遇到什么问题解决什么问题。我经常自己嘲弄自己，神经病一上来，我也不知道我要画什么。有时，忽然起身来，去画室干活去，走到画案前，不知截到哪根神经了，说不定是画画，说不定写字，说不定我转身坐上我的"大篷车"跑到农村去了。只要我的神经病上来，什么都不重要了。重要的是，不知触到我神经里"四个方面"中的哪一个方面。

清晨瓦沼自朝無名無影無踪散然忽知蟲蟲數百數名鳥魚惟作飛隊忽兩年元千元日寫唐昌七黎韓盆齊右韓海京窗美北林京

球上，有吃有喝，时间一长，能不想到你是不是上帝？你怎么这么大学问?! 你可知道，我们地球上的牛顿、康德、爱因斯坦直到霍金，脑袋瓜子的玩意儿都不简单，怎么也弄不出你到底是什么？连黑格尔这个聪明的大哲人也弄不明白，最后屈从了上帝。

再说人本身，那些科学家、艺术家又是些什么精灵妖怪呢？他们不像工匠、艺人那样代代相传。就像上帝撒了一把种子，落到谁头上谁就成了科学家和艺术家。从遗传上看，子承父业的不多，数得出来的只有几对：中国的曹氏父子、苏氏父子、外国的大小仲马、斯特劳斯家族，再往下数就只有瞎凑合了。是不是在遗传密码上搭错了码？还是他们和同性恋、杀人狂、神经病同属一类的变了态呢？不然，怎么都说搞艺术的人是些神经病呢？

原子几乎谁也没见过，小小一粒灰尘就有二十几亿颗原子，原子里还有一个硬硬的原子核，就这样，原子还可以分成质子和中子，像门捷列夫、居里夫人那样的伟大科学家，他们怎么就"看"到了它们？他们是不是精灵？我看是，他们都是从天上掉下来的。

一般人看不懂的相对论，它像咱们中国的《周易》一样，使这个世纪物理学家、宇宙学家开了锅一样对时间和空间作研究，以便摸索打开宇宙的钥匙，这爱因斯坦、史蒂芬·霍金是不是也从天上掉下来的呢？我看也是。

你看贝多芬的"第九"、老柴的"悲怆"，那抓人魂魄、挠人心扉，使你站也不是坐也不是的旋律线，绕得你像喝醉了的人一样，就像我们画家笔下那迷人的线条，是不是精灵妖怪才能谱画出来？我看都是。

谁创造了宇宙、创造了人、创造了一切？我能不像个孩子吗？我能不像个刘姥姥吗？

我这一生老在受罪，挨坑挨骗家常便饭；被人使绊子、穿小鞋小菜一碟。为什么？很简单，总比咱们给人使绊子、穿小鞋、坑骗人家好得多吧？朋友们都说我像个快活的大苍蝇，什么时候都乐呵呵的，

　　谢晋给我说了一个事,挺好的。他
说有些老演员确实记不住太长的台词儿
了,可是他知道自己演这段戏时是什么
感情。比如他愤怒起来时,台词儿忘了,
镜头还在拍着,怎么办? 他就顺着感情
大叫12345678910,把感情表达出来了,
戏没有断,镜头也没有断,事后再配音,
还是一场好戏。艺术就得把真实的感情
充分地表达出来。

那些阴影早甩脑后。我经常逗得朋友、家人笑得躺在地上,眼泪一把鼻涕一把的,就连我们家小狗听到我们说笑话,也跟着起哄、吠叫、打转、恭喜发财,它虽然不知道我们说的什么笑话,但是它一定知道我们没正经呢,不然平时我把脸一板喝问:"谁又尿在屋里啦?"它们也不知道是不是自己尿的,小眼一瞅我,统统钻了床底。

其实,很简单,这叫换个活法。

人来到这个世界只有一次,不会有第二次。酸甜苦辣、喜怒哀乐哪一样也甩不掉,不找点提神的,不想点子自己哄自己,那活得不是太累了吗?

人,没法说,能上能下能苦能甜,做到这份上就够了。

我为什么像个大孩子? 我清楚,心态不老就永远不老,不信世上有白头,别老服输。没心没肺能活百岁,问心无愧活得不累。不要有过夜愁、过夜气,就没有过夜的病。长命而不累,多么潇洒,昨天已经过去,再追悔也成历史了,有这个精力就拿来"打问号"吧!多有意思。无止境的问号任你驰骋。你不成仙才怪呢!

你知道小狗为什么汪汪叫,小猫怎么会喵喵叫吗? 你知道那星星从哪儿来又到哪里去吗? 脱氧核糖核酸能不能解遗传密码呢? 狮子为什么喜欢群居,老虎又为什么喜欢"单干"呢? 这鸳鸯自古被用来歌颂爱情,可它确实不怎么专一,而血吸虫一出生"男女"就抱在一起,一直到死,但是为什么人们没说谁爱得死去活来像一对血吸虫呢?!

一个艺术家脑袋里全是问号,就像科学家老给自己出难题一样,有滋有味,永不满足,事业上才不断飞跃,即使单纯的量变也能引起质的飞跃。下个世纪的科学家们的创造发明将从理性框架中介入感性框架、美学框架里来,对那些物理现象、化学元素、分子式、方程式,物理学家们倒不感兴趣,他们深信美是探求理论物理学中重要结果的一个指导原则。

我想,科学上追求的是真,道德上追求的是善,艺术上追求的是

千万不要忘记：艺术
不是"指定产品"。

下个命令就能出来艺
术，这比烧香许愿抽签求
子还荒唐。

美,但是现在变了,听听那些物理学家们的呼声:"让我们来关心美吧,其他(科学的定义、分子式、方程式)真用不着我们操心。"听了他们的呼声,我都坐不住了!

我认为艺术家和科学家的问号越多越有奔头。牛顿就是从树上掉下来一个苹果才发现了划时代的牛顿定律,这在世人看来是傻子或是小孩游戏。是啊,怎么没有人研究天上掉馅饼呢?说不定他还是牛顿第二呢。

咱们古人有一句赌咒的话,说那些做不到的事是"除非灯头朝下",可现在的灯朝上的真的不多了。

如今的科幻电影、小说、漫画、儿童画都会成为将来科学家绝对感兴趣的物理大门里的客人。《星球大战》《007》《未来世界》《侏罗纪公园》,二十一世纪的人们会感谢他们,因为科学家会把它们变成现实。

人们曾经根据引力效应预言宇宙存在着黑洞,那是十八世纪就提出来的,去年美国科学家证实了黑洞的存在。科学家多么伟大!

至于艺术上无穷计数的成就,是艺术家永远也攀登不完的目

标。人外有人，天外有天，你可以说前无古人，但绝不可以说后无来者。艺术各有特色，它没有一百分。你可以放量去设想，一张纸就是一个大草原，你可以骑上你丰富想象的枣红马任意驰骋，马蹄嗒嗒，那一足一印就是你那一笔一墨，你完全可以甩开膀子去涂写你那些问号，你完全可以丢掉1+1=2的框框，那时你就是说1+1=一个胡萝卜、一碗羊肉泡馍，也没有人会说你是神经病了。因为艺术可以不择手段，它不仅指艺术形象，也包括艺术形式、艺术手段和艺术方法。艺术的目的在于把美给予人们，它使人们说不出、道不出、抓耳挠腮、捶胸顿足、灵魂失窍就够了。

到了那个境界，人们也会讲：艺术家多么伟大呀！

科学和艺术的发展使我们明白了一个人活着的真理：我们应该满脑袋装上问号，这样，新的科学、艺术成就才能不断出现，一个没有问号的人虽然不像个孩子，但是不要忘记：

人这一生就怕画上句号。

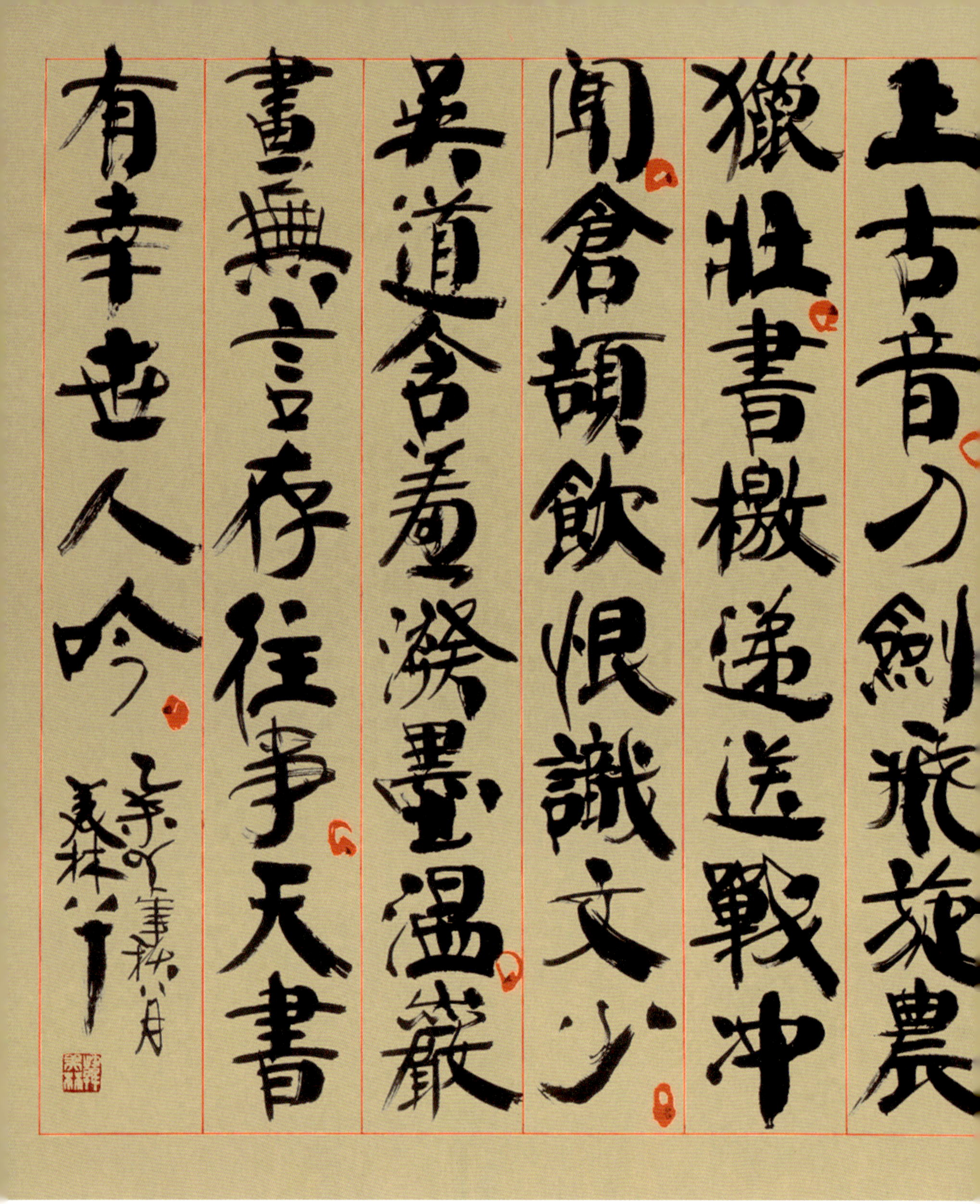

上古音刀劍飛旋農
獵壯書檄遞送戰沖
聞倉頡飲恨識文少
吳道含羞潑墨溫巖
畫無言存往事天書
有幸世人吟

乙未之事秋八月
裘森作

蘭山天書

賀蘭山險入層雲
萬古長風動鬼神石
器為符岩作崖摩
鑄電史留跫千痕歷
劈先民迹萬象啟

東炎

字的结构绝对没有改动的,但是在书写的时候我融入了汉简、魏碑还有楷书的一些风格。艺术上的规律,诸如:大小、深浅、虚实、苍润、断续、冷暖、浓淡、干湿等等,与文字的结构、运笔、粗细、转承都一个样,因为书法也是艺术。故文字学家求的是形、音、义,画家在其中看到的是点、线、面。这一点,尤其是古文字,它给绘画带来的启示是不言而喻的。因为文字的前身就是绘画。古文字学家研究古文字是为了求证,艺术家研究古文字是为了求美。

"流行"的玩意儿

记住那些"流行"的玩意儿，既然是流行就说明存不住，傻小子傻丫头们，人家都流了行了，你还傻愣着干吗？"影帝""天王"不都是在娱乐圈里"玩"吗？有的明星在剧里演了几十次新娘新郎了，即使你追上了敢娶她吗？当乐子算啦，别"搅汁"。二三十年代的明星、歌星不讲，十年前的歌星、明星能记住的有几个呢？由此联想到那些"牡丹""紫藤"能让人永远记住吗？深层艺术不能让人理解，我有些疑惑，大概是"流行"最容易让人接受。

古老的文化如何贴近今天，如何鲜活生动，如何打动人心，这是我经常考虑的问题。我向传统致敬，不是向汉代唐代学习，我是直接向更为遥远的贺兰山学习。贺兰山岩画有五千年的历史，是新石器文化的遗存，我的艺术继承了贺兰山岩画的基因。岩画创作使我的艺术发廊，我的一切一切都能从贺兰山找到依据和理由。贺兰山岩画给予我丰富的灵感和创造力，它的馈赠取之不尽、用之不竭，无法不让我感恩膜拜。现在整个社会都在讨论要重拾民族文化的自信心，我就是有五千年的文化支撑着我的文化自信，我是五千年文化的代言人和忠实粉丝。古老的岩画就是我艺术前进道路上永无穷尽的精力与能量，源源不竭的激情与灵感。没有对古文化的感悟，就没有对未来的理想。有了古文化，有了脉络，就是文脉。

深深地感念

　　我深深地感念三十多年前艺术家创作的歌曲："九里里的山疙瘩，十里里的沟，一行行青杨一排排的柳，毛驴驴结帮柳林下过，花布的驮子晃悠悠……九里里的山疙瘩，十里里的沟，一座座水库，像一洼洼的油，羊羔羔叼着野花在大坝上逗，绿坝绣上了白绣球……"

　　这些音乐家都是高手，因为他们没离开人民，没离开这块养育他们的文化土壤，是这样的土壤孕育了中华民族，孕育了真正的中华民族的艺术家！

　　我酷爱民族和民间艺术，我一生也不能离开这个"根"，它是抚育每一个中华大地艺术家的母亲。等我们长大成人了就得自己站、自己走、自己养自己。在困难面前或是在胜利面前，不要忘记回一回头，看一看这个抚育你的母亲。不要一辈子不断奶，但也不要跟着别人去姓人家的姓。

技术上的"窍门"

　　我向读者再说明一些技术上的
"窍门"。艺术没有捷径,但有"窍
门"。道里的窍门就是经验,譬如:我
画国画,就往里掺过夜茶,掺过酒精,
掺过绿豆汤……画出来的效果,你一
定会脱口而出:"嗬! 真过瘾!"再譬
如,我用叶筋笔画铁线,不是像常规
一样把笔毛理顺,而是正相反,将笔
往砚台上跺上几下,然后再用剪子剪
掉旁边几撮毛,剩下一两撮画起来绝
对老苍。再譬如:我画的这些钢笔
画,不仅有线还有面,还有苍笔。这
些"窍门"很简单,我将笔舌头拉出
来,把它磨平,与笔尖成为一个斜度,
这样便产生了多种调子。

焦墨不是同样厉害吗？
单一个黑，玩好了也不易。说
要水，还离不开纸。中国的纸
与西方不一样，中国的纸
"洇"，"洇"就是灰调子。"洇"
的学问就更大了。

根深蒂固的"形象"

另外,那时我还玩篆刻,用刀在石头上、木头上刻,刻得满手都是血口子。后来我玩别的(绘画、雕塑、陶艺),而且越玩越大,篆刻就顾不上了,但篆书却一直伴我终生。

我一再申明,因为是第一接触,我把篆字当成了"图画",所以从我决定一生走美术道路起,篆书在我眼中也就走了"味",它跟我走的不是书法路,加之后来我的兴趣又扩大的原因(甲骨、汉简、岩画、古陶文和一些符号、记号),它们在我眼里都没有以书法对待,而是成了根深蒂固的"形象"。

为此,我成了"另类"的古文字爱好者。

我偏重艺术的角度,而不是技巧。强调技巧的话是陶瓷艺人,而不是艺术家。陶瓷艺术家首先得从美术的角度,要给人艺术的享受。

我和"天书"最初的缘分

我和"天书"最初的缘分

要说我和"天书"的缘分,得从我很小的时候讲起,从我家附近的一个庙洞子讲起。

儿时,我家在济南的大布政司街,就是现在的省府前街,东边一个巷子叫皇亲巷,连着的一个小巷叫尚书府。这个皇亲巷并没有皇亲,只是一个司马府的后门。在司马府后门旁边有一座庙,庙洞里有一个土地爷和一个供台,几进的院子里,有关公像、观音像,观音殿里还有一个私塾。我们街上的孩子常常在司马府后门和土地爷庙洞子里玩。

有一天放学早,我一个人来到土地庙,调皮的我无所事事,好奇地凑到土地爷大玻璃罩子里去看看有什么"情况",没想到从土地爷屁股后面发现了"新大陆"。我伸手一掏,是书! 一本、两本、三本……越掏越好奇,后来掏出来的还有印章、刻刀、印床子。印章料有石头的、木头的、铜的……

小孩见到这些东西,那好奇劲儿、那高兴劲儿就甭提啦! 我就地一坐,"研究"起来……后来,我每天大部分时间就是往这里跑,东西没敢拿回家,"研究"完了就送回土地爷屁股后面,这样挺保险,没人会知道。但又是谁将这些东西放到这里来的? 至今仍是个谜。

从小好奇心"发达"的我,怎么也不会想到,这几本无意中掏出来的书——一本《四体千字文》、一部《六书分类》、两本《说文古籀补》,影响了我一生,它们让我与篆书相逢,也将我领向了与"天书"的结缘之路。

这是我此生第一次接触古文字,也是第一次接触篆书,这些像图画一样的文字对一个孩子来说,既新鲜又好玩。而我又喜于绘事,更是爱不释手,专心"玩"起了这些图画。后来,我偷偷把书一本一本拿回了家,直到小学毕业,这几本书就没有离开过我。再后来,它们成了我的"终身伴侣"。

神鬼造化

想起按头，我可以赖上贝多芬，他就是从小按头成长起来的音乐大师。可我不是贝多芬，我是韩多芬。这艺术上一个音符、一段旋律、一根线条、一块颜色都是微妙到不能改动，完美的艺术增一分则长，减一分则短，贝字和韩字差远去啦，就像西施和东施、李逵和李达一样，那东施是个丑八怪，那李达是个熊包。

我的故乡山东是孔子的家乡，从小学习写书法是天经地义的事。我五岁就学写字了。家里再穷，也没有放弃让我们写书法，尤其上了小学以后，寒暑假母亲怕我们玩野了，就把我们兄弟几个送到私塾去写字，学费不贵，每人只交一块钱。

因为土地爷赐的篆刻工具，那时我还"玩"起了篆刻，用刀在石头上、木头上刻，刻得满手都是血口子。后来我玩别的，像绘画、雕塑、陶艺，而且越玩越大，篆刻就顾不上了，但篆书却一直伴我终生。

如今，我是个画家，而我是带着篆书走了一生的美术道路。我一再申明，在我第一次邂逅篆书时，是把它当成"图画"的，它跟我走的不是书法路，加上后来我的兴趣又扩大的关系（甲骨、汉简、岩画、古陶文和一些符号、记号），它们在我眼里都没有被当作书法对待，而是成了根深蒂固的"形象"。

为此，我成了"另类"的古文字爱好者。

童年里，
石灰和墙就是我的纸和墨

我是一棵从石头夹缝里生出来的小树。儿童时期，父亲早亡，母亲和奶奶两人把我们兄弟三人拉扯大。那时我两岁，弟弟还未满月。我上的小学是一个救济会办的正宗"贫民小学"。但是我们可不是破罐破摔的人家，我早上没有早点，吃的是上学路上茶馆门口筛子里倒掉的废茶。我家再穷也不去要饭，不去求帮告助，不偷不拿，活的就是一个志气。所以我小学连着两年拿的奖状不是优异成绩奖，而是拾金不昧奖。

我母亲的祖籍是浙江绍兴，她家以前是济南有名的"大户"，可惜她赶上了她们毛家破落的年代，但是她有文化。我父亲少年丧父，只念过三年书，十七岁做了一个名叫五洲大药房的洋药房的店员，他的英语能力和自制的药在那时已显出才气，可惜他二十八岁就辞世了。

虽然上的是贫民小学,但我是幸运的,因为六个班里有三位美术、音乐老师,当时学校里演戏、唱歌、画画非常活跃。后来我上了大学听音乐欣赏课,才知道我小学时期就已经熟背贝多芬、莫扎特的曲子了,小学四年级就苦读了《古文观止》。一个洋小学让我们孩子知道"先天下之忧而忧,后天下之乐而乐""六王毕,四海一",扎实的古文底子早已在小学给"奠"好了。此外,我们班主任还经常让我给他刻印(其实是鼓励我),有的同学也让我刻。拿着几本篆书的我,成了同学们羡慕和尊敬的对象,尽管我的手经常都是血糊糊的。

那时,老师、同学、家长和我们在一起,虽然环境不好,可是团结友爱,彼此之间充满和谐、友善。我们互相勉励,期待有一个辉煌的明天,我们在校歌中唱道:"但得有一技在身,就不怕贫穷,且忍耐暂时的痛苦,去发展伟大的前程。"

后来才知道,我们小学的老师和来校访问过的老师、前辈,都是全国最著名的专家,像李元庆、赵元任、陈叔亮、秦鸿云等,都是中国文艺界的脊梁。我小学演话剧《爱的教育》,辅导老师就是秦鸿云,他是中国第一部无声电影的开拓者,也是赵丹的老师。抗日战争时期,我们学校仍挂着青天白日满地红的旗子,没挂红黄蓝白黑的汉奸旗,我们唱的是《毕业歌》《救亡歌》,我十岁就唱"同学们大家起来,担负起天下的兴亡……"

在我的童年里,石灰和墙就是我的纸和墨,我经常在人家的墙上乱涂乱画,尤其是新墙,让人告状而挨揍是家常便饭。另外,我们巷子的石头路,也是我画画写字的好去处。

总之,童年时期虽然懵懵懂懂、傻傻乎乎,没想到瞎猫乱碰遇到了这么多的恩师。现在想来,家里虽然穷点,但是我童年时期所受的教育还是非常幸运的,因为我走上了一条"另类"的童年教育的道路,算是歪打正着吧。

"龙骨"上奇妙而又细腻的甲骨文,到老都没从我脑子里抹去。我开始练的是柳公权,私塾老师看我性格不对路就给我换了帖子。从那以后,我就练起了颜鲁公,再也没有换帖,直到四五年级时,老

师让我写了一段《爨宝子》和《泰山金刚经》，换换口味，时间不长，又练回来了。

我习惯了颜鲁公，况且老师给我讲颜鲁公怎么做人，怎么做官，怎么刚正不阿，怎么为民请命，怎么被人诬陷而被朝廷给缢杀，他的人格魅力加上他少年赤贫，没有纸笔，扫墙而书的童年，与我美林同样的命运，使得颜鲁公成了我根深蒂固的偶像，一生的偶像。

他除了给我做人的启示以外，书法上的苍雄郁勃、直立天地，那种伟岸挺拔、磅礴恢弘的气势，使我感到他就是我们中华民族精神的一个象征。这一切的一切，毫无疑问地注入到我的身心，并转化为我在做人上终岁端正的基因。

从小学开始，老师就把我当成"小画家"来鼓励。我前后上过两个小学，抗日战争胜利后转到济南第二实验小学，幸运的是我又遇上了一位好的班主任，他姓潘，古典文学、诗词、音乐都很精通，他平时用毛笔改作业和写条子，不用"原子笔"。同时这个学校还有三位美术老师，三位音乐老师。

潘老师是写汉简的，我到他家去过两次，他夫人很漂亮。他写的满墙书法，都是我没见过的汉简，这是我最深的印象，不过他对汉简的推荐没有对我产生太大的影响。

一直到小学毕业，我也没有接触到哪一个"高人"对我篆书的引导，因为我的老师都不写篆书。然而，丰富的知识却在这段启蒙时期齐刷刷地向我聚来，使我一个穷孩子达到了别人说什么我都能插上嘴的水平。那时，篆书在我记忆中已经记得不少了，只是缺少恩师的指点，所以很自然将我逼上梁山——往画的方向自作多情地酷爱和联想起来。

天意也好，偶尔也罢，我又遇到了一个新的机缘。

每到过年，我们那儿家家都要蒸馒头做年糕。我们穷人家只有将小米水发了以后碾成粉，与小麦一起蒸成馒头，全部用小麦面粉我家是吃不起的，再买半斤肉切成丁与老疙瘩咸菜黄豆炖成"八宝菜"。说起小米碾成粉，家里没有石碾子，那个时候各中药店都网开

美感是一种文化，是
修养，是生活，也是潜在的
东西的一种升华，升华到一
个高度。

一面做善事,空出药碾子让穷人家去碾米,我们巷子口有家同济堂药店,每年我们都去那儿碾米。

同济堂后院全是药材,它们被很有秩序地存在各个药架子上,屋里也有各种叠柜,放的什么好药我们小孩也管不着,但是他们院里晾晒的东西我却看到了。有个大圆簸箕上铺着一些黄表纸,上面放着一些骨头和龟甲,小店员说这是"龙骨",每年年终都拿出来晾一下,叫"翻个身",上面那些文字他讲不出来,说"一拿来就有"。

当时,我什么也没听懂,只知道这叫"龙骨",是"药材",等到后来才知道,这就是甲骨文啊!以前没有文化,中医拿着它当药材。年方六七岁的我,就能见到甲骨文,不管是巧合还是天意,毕竟一个小孩与这些古老文化纠缠上了,真是不可思议。

"龙骨"我不懂,治什么病我也管不着,但那些文字却在我的脑子里慢慢地生根开花了。当时我根本不知道这就是甲骨文,更不知道它就是金文的前身。孩子不懂偷,好奇的我把它们当成了"图画"临摹了下来。

从那以后,我的脑子里多了一个思考的内容——那些骨头上的画,每块骨头上字不多,几个、几十个,它们奇妙而又细腻,到老也没能从我脑子里抹去。

一句鼓励,让我
当了一辈子"画疯子"

一九四八年九月二十四日,济南解放,上了三个月初中的我,辍学了。哥哥十五岁参军,一九四九年四月十二日,不到十三岁的我也参了军。那时什么事都简单,发了一件军装褂子就表示参军了。我给司令员万春浦当通讯员,站岗、送信、端饭、扫地、牵马,事都不大,可是挺忙的。我的单位是烈士纪念塔建塔委员会,一切都是供给制(也就是除了一件褂子外,吃住包干,每月发两三元钱的津贴)。

这个时候我又当了一次幸运儿。万司令看我喜于绘事,不到半年我就被调到"浮雕组",给那些"艺术家"们当通讯员去了。我在这时真正接触到了一些"家"们,他们对我终生难移的志向——画画,起了转折性的、里程碑式的影响,使我飞跃式地认识了一大批建筑工程师、画家和音乐家。我像海绵一样地汲取着他们给我带来的一切知识。

我们浮雕组的王昭善、薛俊莲、刘素等老师,还有常来常往的张金寿、黄芝亭、黑白龙、关友声等等诸多画家、艺术家,把我这么个小孩给热乎得够呛。他们画画,我也画画;他们雕塑,我也雕塑;他们唱歌,我也唱歌。

被单被我撕下来画斯大林、高尔基,画好了就送给我的同学赵彬,他高兴得手舞足蹈,他是我的第一个欣赏者。

时间一长,我拿出了我的那一小手——写了一些篆书给他们看。他们都是学洋画的,感到我这个小孩子懂这些玩意儿不可思议,只是给我鼓励,可并没有给我指点和引导。

陈叔亮以前在济南还办过中国艺专,他是著名书法家,他和黄芝亭、薛俊莲都熟悉,他来建塔委员会时见到我这个"小朋友",惊奇地看到我满桌子写的那些不成书法的"篆"文,大加赞扬(我不写赞"赏",我知道我那些文字还不是书法,只是比着葫芦画瓢而已)。我最深的印象是他问我:"你这么个小鬼,能喜欢写这种字儿就不应该小看你!你怎喜欢这玩意儿?"我是什么话也答不出来,只是得到了莫大的鼓励(一九五六年他担任中央工艺美术学院副院长,同学们不知我们已认识六七年了)。我是一个有一滴水就能活的人,没想到这几句话对我产生了那么大的作用——我如获至宝、踌躇满志。因为这句鼓励,我一个小孩简直都画疯了,直到我耄耋之年都未改"画疯子"的习惯,经常画得进医院……

我一定要回家把那几本"书宝贝"拿来,让艺术家们给我加油!

可我遇上了麻烦。

当我回家去取那些"书宝贝"的时候,我发现一本都没有了!问我奶奶这些书怎么没了,她答得很干脆:"你弟弟上学没钱买练习本,那几本书翻过面来给他订了练习本了。"我的头像五雷轰顶,我

已经离家八九个月了,那些本子"练习"完了也早该生火了……

我大病了一场,痛不欲生,哭得满地打滚。一个十三岁的孩子与这几本书的相识已有六七年的时间了,这感情还用说吗？它早已成了我生命的一部分,虽然我不理解它,不懂它,可是我不能没有它们！

绝了望也绝了情的我,二十五年没写篆字,二十五年我没有看过一本篆书,二十五年更没有刻过一块印。我到了伤心欲绝的地步！

……

重逢《六书分类》,我抱着 "老朋友"号啕痛哭

后来我参加了济南话剧团,演话剧去了,真是绝了情。

一九五五年,我考上了中央美术学院。我们班主任是周令钊教授,他是一个什么都能拿起来的专家,是个多面手。我是一个可塑性很强的人,受他的影响很大。同时入学的国画系和雕塑系没有一个喜欢书法的学生,所以书法,特别是篆书更是没人过问了。正是因为这个"可塑性",我在美术学院跟我们老师学了不少玩意儿,就是没学书法。

一九五六年,我和同学李骐就跟着周先生设计天安门游行队伍了,后来我们参加了"十大建筑"中的人民大会堂、迎宾馆等艺术设计,成绩都是"呱呱叫"。

咱们不是写生平,所以时间一带而过到了一九

七二年。经过毕业、教书、运动、劳动直到"文革"时我因和"三家村"的邓拓、田汉有瓜葛而入狱,一九七二年十一月我被释放,仍下放到安徽淮南瓷器厂继续劳动改造……

一九七二年底,我的腿在狱中被打断,加上出狱后身体很弱,厂里放我三个月病假,我拄着拐杖回到上海我妈妈家养病。百无聊赖,就逛起书店。上海福州路书店多,我三天两头就往那儿跑。

还是天意。

有一天,我带着两个侄子去逛街,已经逛得筋疲力尽,回家的路上,顺腿又走进了古旧书店。我逛了一圈,忽然眼前一亮,真是"蓦然回首,那人却在灯火阑珊处"。在书店里一个不起眼的角落,堆了一堆还没分类的古旧书,四个发光的大字闪现在我的眼前,它们像是对我招手,像是对我微笑,像是对我挤眉弄眼,像是在喊我:"韩美林……"那"老朋友"相见的感情使我不能自已,悲喜交集——我看到了我六七岁时就熟悉的那四个大字:"六书分类"。我激动得直哆嗦,让服务员赶快拿过来,急不可待得还没翻一页就浑身发冷、发抖,趴在书上号啕痛哭起来。我完全顾不了这是在书店,甩掉两根拐杖,将书用劲儿抱在怀里不撒手,顾不上人前人后怎么看我,我在人间释放不了的错综万千的感情,这时全部一股脑儿地倾泻在怀里的这些书上了……

跟我去逛街的两个小侄子一看叔叔哭得这么伤心,也都莫名其妙地跟着哭起来,人心都是肉长的,几个读者也抹起了泪……书店里的人见我这么动情地痛哭,心里也都不是滋味。好心的服务员把我让到里屋。我的确也想不到,我竟会对着一部书哭得这么伤心。

在场的人不知道,这些书是我六七岁时交上的"朋友",三十六七年啊!"老友"相聚,谁能知道这本书第一次与我见面时,我尚是个流鼻涕的小苦孩儿,心里纯得一汪清水,而今眼前这个大哭的汉子,已经蜕去人生的几层皮——妻离子散、人陷低谷,是至今尚且说不清道不明是个什么身份的韩美林呀!

这本书很贵也很旧,已经老到一碰就碎的程度,当时我有几年的退赔金,我毫不犹豫地买下来。书店里还给我推荐了几本,如:《愙斋集古录》(二十八本差两本,后隔半年书店又给我补齐了)、《金文编》和《赖古堂印谱》等等,我全买下了。我还问到《说文古籀补》《四体千字文》等书,他们后来只给我找到《补二》《补三》,没凑全,这些书至今都在。我像"供神"一样供着它们,再也不与它们分手了。

用树枝在陶器上写出"天书"

绕了十万八千里,也该绕回来了。我得把至今三十多年为什么写篆、写"天书"的事交待给大家了。

出狱不久,我回到瓷器厂继续劳动。

在厂里我算是个半残的人,挂着双拐去"上班"。厂里新领导对我照顾,给了我一间六平方米的小屋,我在这间小屋里,一住就是六年。在那样的岁月里,谁也没想到大胆的韩美林,在屋里堆满"四旧"(古书)。更让人意外的是,我埋头研究古篆的事,直到打倒"四人帮",竟然无人知晓,无人揭发。现在知道我写古篆的人也不多,画我送人,字可是不轻易赠友,我深知书法功夫比画要难得多。而且我写书法的目的是为了画画,直到现在不改初衷。

到一九七四年底,厂里照顾我,加上身体极差,我劳动了两年后,厂里已经任我自由地去研究和创作了。就这样,几年下来我跑了大半个中国,山南海北的工厂、农村,尤其是陶瓷厂、工艺厂……

在工厂里,因为没有创作条件,所以锻炼得什么纸、什么颜色都能凑合,可以说"狼吞虎咽"一样的需要。工厂里搞宣传用的纸多,没有宣纸。后来我用刷水的方法仿效宣纸效果,经过无数张试验,老天终于给我网开一面,这些不似国画的水墨画,融传统的国画和现代水彩画两者兼备的效果,居然一炮打响。我走向了世界。第一次国外展览就在纽约的世界贸易中心,这个如今已不存在的双子楼,我永远也不会忘记它,它让世界人民知道了我的小猴子、大熊猫……

绘画取得的成绩使我成了"拼命三郎"。然而瓷器厂的条件,又让我在篆书上走向一条另类的道路,也使朋友们在那时期添了一份高兴，这就是今天献给世界人民的"天书"。

我在瓷器厂设计了一批茶壶、文具、小瓷雕，借此发挥了我从小就没有显露的写"篆书"的才能——在这些器皿上能写就写，然后寄给我在北京、上海、广州的老师、朋友和同学。我找到了一个发挥我写篆书的平台。那时我如鱼得水一样，写疯了！

利用这些条件，我做出了我的"另类"陶艺。做陶艺，我没有七七四十九件工具，我一直认为路是人走出来的，艺术上只要达成目的（艺术效果），可以不择手段。因此，我使用的工具全是些木头棒、火柴棍、竹片、笔管、树枝、铁丝、大头钉、梳子、锥子和锯条。这些最简单的工具却产生了"传统"工具所出现不了的艺术效果，拿树枝子在陶器上刻篆字，明显地增添了一分"老苍"。

黄永玉先生一句"你哆嗦什么？写！" 逼我拿起毛笔写篆书

因为没有老师指导，篆书只是刻印和写着玩，而且是铅笔，即使有些发展也是用竹片、树枝刻画。"文革"时期的一九七四年，艺术家没事干，小聚一起，自由小天地。那时有陈登科、黄永玉、李准、肖马等师友，环境再不好，聚在一起仍有说有笑，潇洒而自在。后来范曾、韩瀚、白桦等朋友都参加进来。谈画、谈人、谈天下。京新巷在北京车站附近，黄永玉老师的"罐斋"就在那里，我的新品种的水墨画得到他不少鼓励和指导。

茶壶上写的那些篆书，我起初根本没考虑这些字为什么写上去和能得到书法上的回音，说白了就是写着玩，或者说"附庸风雅"。我那些茶具是闭着眼睛送到黄先生眼前的，但是我没想到他却记在心里。一日，李准、范曾、韩瀚诸君在黄府小聚，没想到黄先生拿出一本他画的册页让我用篆书给他在封面上题字。

五雷轰顶！我做梦也没想到，他会这样出其不意地给我推出了这步棋。因为他是老师，是当着这么多专家级的朋友，是我从来也没拿出来见人的"私房"本事，也是我从来没在宣纸上写出来

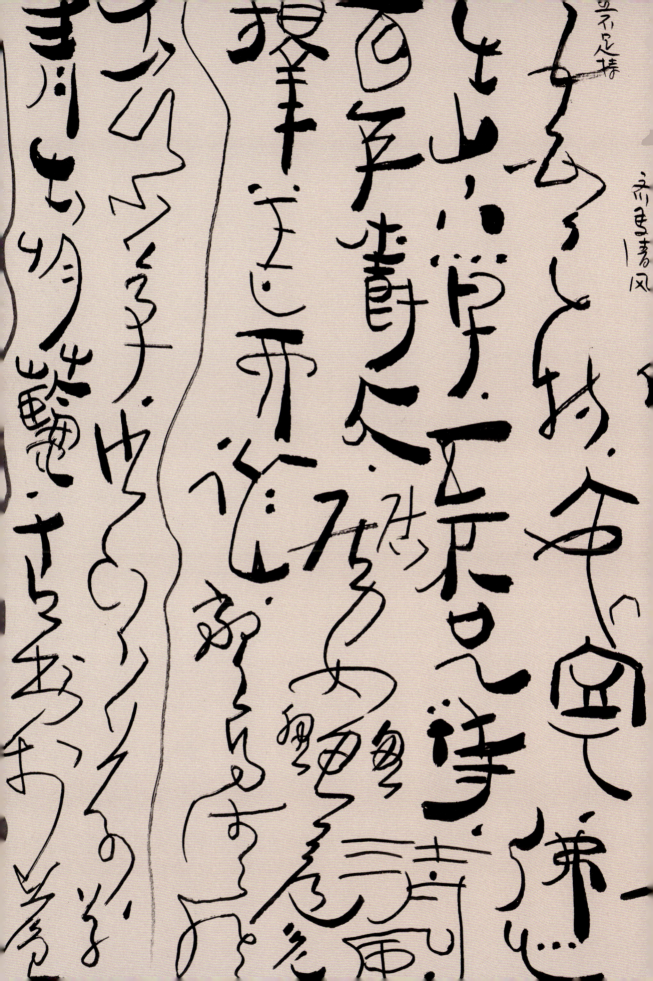

的篆书。我从来没这么尴尬过，手足无措地愣在那儿。

黄先生急了："你哆嗦什么？写！"写的什么字，怎么写的，当时我充血的脑袋全忘了，直到现在也没想起来……

这事让我久久不能平静。这是药学家在自己身上打针做实验呀！这是理发师第一次让徒弟拿剃刀剃自己的头呀！这是他对我的一种多么多么的信任与鼓励呀！他的画让我来题字，我做一百个翻着花样的梦，也摊不上这种没边的事呀！

就从这次开始，我亦拿起毛笔写篆书了。一天天、一年年，就是这次"京新巷写大篆"事件，让我走上了非写不可的路。我不能再丢人现眼，不能再雕虫小技、胸无大志了。这一生有两个字在鼓励我前进——"羞辱"！"羞"是我自己做错的事、做红脸的事；"辱"是别人对我的诽谤与迫害。它们是我一辈子前进的动力。

感谢黄先生。从此，大幅小幅，后来甚至丈二的纸，我都敢横涂纵抹了……

我写"天书"，是为了展示中华文化的自信

我研究书法是为了画画，所以我的取向就不能同于古文字学家和书法家，我偏于形象的摄取，就像医生看谁都像病人，擦皮鞋的低头看谁的皮鞋都该擦了一样，我看一切都是怎么把它变成"形象"。

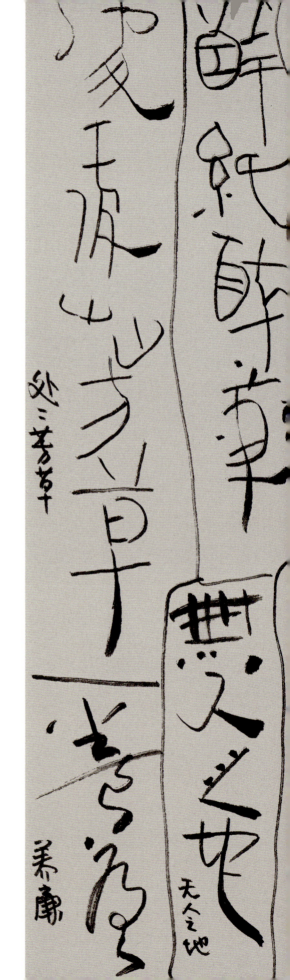

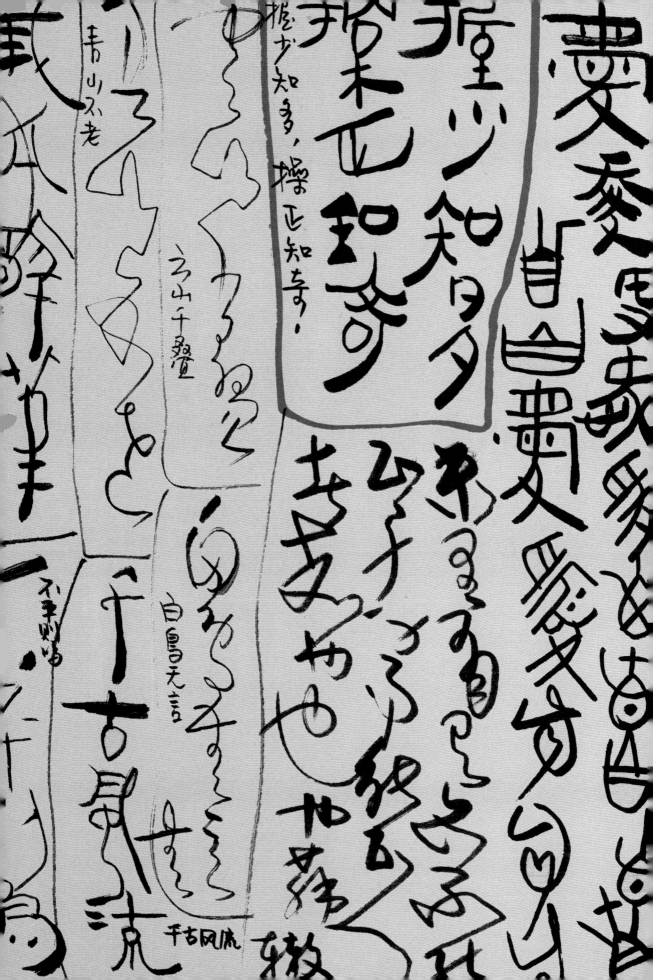

在恭恭敬敬地掌握古文字的同时，尤其是古文字在"自由散漫时期"，它的一字多义、一义多字、一字多形、多字一形，对我是极大的诱惑，我敬仰古人伟大的创造力和想象力，我没有让它"统一"的想法。我不希望它"统一"，因为它的多变才使我好奇，才能启发我造型和结构的多样性。最好是让它们各吹各的号，各唱各的调。

小篆以后，文字统一才"各就各位"。在秦以前文字"自由发挥"的年代里，古文字研究始终对其文字的来源、发声、字义考索不一、各执一方，百年下来亦不敢定锤。古文字出现的年代，文字发展与政治上的春秋战国一样，是个乱了套的多元时代，不可能一字一句都有精确的推断。连"头等大事"的文字起源至今也无定论，更何况字形、字义、发声和后来的"书论"。

除了已释出的文字，我的眼开始搜寻那些"义不明""待考""不详""无考"或一字多释、不知其音、不知出处、有悖论、有歧义和专用字、或体字、异体字等生僻字。甚至一些符号、记号、象形图画、岩画等等弃之不用的资料、实物和现场发现的那些"天地大美"都记在另一个本子上。当时也没有考虑怎么用，先记下来再说，没想那么多。

三十多年下来，我积累的这些"无家可归""无祖可考"的废弃了的遗存，经常记挂于心。这些不知何年何月尚未定夺的文化，若不能展现在世界面前会有多么多么大的

遗憾！这些遗存下来的文化，是大文化，是中华民族呀！

这些文字不仅仅是古文字学的事，也是历史学、考古学、美学、结构学……包含诸多学科的巨大财富。它不仅是中华民族的财富，更是世界人民的瑰宝。若让它永远"废而不用"，将是世界文化的一大遗憾。

为此，我选择了我自己对古文、古文化的看法和角度。我跳出来写"天书"，是为了给美术界的人参考，看看几千年的中华文化里竟蕴涵着那么丰富的形象，从中寻找到一种"视觉舒服的古文化感觉"。"天书"能教我们两个字——"概括"。这些"天书"能把你领到"概括"的大艺术、大手笔、大气派里。它就是中华民族的文化，就是中华民族。看到它，仿佛看到中华文化的自信，屹立几千年的自信、在二十一世纪展现风采的自信。

我这个"时间穷人" 一根筋地抓住了"天书"

另外，我跳出来写"天书"是我等不及"古文字字帖"的出世。

我已古稀之年，写了一辈子，画了几十年，我发现我们中国的古文字与绘画的同一性。我们经常听到"书画同源"的教诲，但是我确实没见过谁在"同源"上有什么真知灼见的论述，更没有人去研究它们之间"互相依存"的实践经验。为此，我大胆地先把那些"废而不用"的字端出来，让世界也看到属于中华民族的另一类文化。我还有一个更大的计划：将现实生活中所用的汉字——尚在"服役"的一万余字用古文字写出来。不过它是以绘画、设计、欣赏兼实用的角度为目的，选出那些美不胜收的字形来，以供人们去发挥、创造。

说白了，我必须以我几十年艺术生涯中，对"美"理解的深度去将我们古人所创造的文化，以现代审美意识去理解它、创造它，但是不伤害它（我指的是文字的结构上、字形上）。

秦统一中国后，文字归了"队"，以小篆的字形将众多的"散兵游勇"由李斯结成了一个体系。而文字在秦朝被统一以后，并没有走进死胡同,小篆之后又出现了隶书、楷书、行书、草书。东汉以后篆书逐渐退出历史舞台,从社会生活中淡出。虽然秦统一了字体,但是字形却开始了千变万化、自由驰骋的新进程——汉简、八分、魏碑、章草、大小草、狂草、宋体、仿宋体、黑体等。篆书虽已没落,但汉印、青铜器上也都还有鸟篆、虫篆、蝌蚪文……多了去了!

从艺术家的角度,这些变化又是另一个令人激动的视角,宋体、虫鸟篆等都是美术字,它们像中国画里的工笔,这大草、狂草则是中国画里的大泼墨。

我在这眼花缭乱的文字队伍里不知道孰优孰劣,它们在我眼里全是美人。一个人的精力有限,活一百岁才三万六千天,我是个"时间穷人",我不能什么都喜欢,这样什么都抓不住。我一根筋地抓住了这个最古老的且是被打入冷宫、难以复出的"美人"。骑上我们的枣红马,一鞭下去就是十万八千里。至今我已收集了好几万"天书"。

无垠的草原,我还不知将奔驰到什么时候。这神秘的中华民族文化,任我一生追随,怎么就没有见到你的真面目呢?

我已经出版的一本关于"天书"的书,记录了我的画路、思路和"歪打正着"之路。以我现在的年龄看,我走过来的绘画道路确实没有走错。一个中国的画家,他若想走向世界的话,这条路应该是必经之路——民族的、现代的。

毕加索后悔没生在中国,而我,幸生中国

前面已经讲到,我由几本篆书而转移到对甲骨、金文、汉简及符号、记号、象形和岩画等的研究上,兴趣的扩大不算,关键的关键是知识的收获,是它们启发了我的想象力、创造力和联想力。"天书"极度的"概括力",影响了我"提炼典型"的能力。就是那些不像马的马、不像羊的羊和介于文字和图画的形象,丰富了我,充实了我。直到这黄昏之年,我的创作力仍然涌动而新颖,我的作品目前仍在变化和提高,总感到我的艺术尚未开始。少年时代积累的奇文怪字、牛头马

面,这时都成了我创作的坚实后方,用不尽的形象,时时在心中跳跃。我画一千头牛、一万匹马也不重样……我艺术的春天尚烂漫着勃勃的生命力。

我感谢我们的祖先,他们给我这个身躯和一个绝妙的灵魂。

我走遍全国,后来干脆每年驾着大篷车,例行走南闯北。不去那些热闹的旅游点,而是去深山老林、黄土沙海。那里曾经是一片繁荣,而今是一片荒凉。那些搬不动的、风沙热浪一时也冲击不完的古文化遗存,才是我最有兴趣的去处……

我去了贺兰山、卓资山,去了阴山、黑山,还有云南沧源、元江和那时尚在战火中的麻栗坡。那一次云南之行就走了一万多公里。不论是刻的,还是画的(用牛血和赤铁矿石粉画在岩石上),都令我无限感动。毕加索后悔没生在中国,他也看中了中国的书法,而我是幸生中国。没有这些丰富的文化宝藏,绝对没有韩美林。在我的画里,每一幅都能看出中国古文化对我的影响。

神秘的中华民族文化,对我这样一个较真的人,有很多都是带着问号去学习和创作的。譬如,文字的不统一,使一个"虎"字就千变万化,使我在艺术上得到无限的启迪。但是甲骨文上的"虎"字(包括金文),那些老虎怎么都站起来了? 这样竖着写的"虎"字又是谁统一的呢?

我又多操心了,这是古文字学家的事。我只看形象就够了……后来,我看它们竖了几千年很累,于是,在我的构思本上把它们都给放下来了,就这样,完全满足了我看画的心愿。同时,一连串的新形象甩开学院派的羁绊,我真的自由了……

在创作上,除了古文字以外,我还热衷于民间艺术。像剪纸、土陶、年画、戏曲、服饰……我都感兴趣。所以,此生创作形式多多。布、木、石、陶、瓷、草、刻、雕、印、染、铸……开创了我一生丰富的创作样式。我从这些艺术的学习中,得到了学院派所得不到的东西。我自称是"陕北老奶奶的接班人"。

从小时候躺在地上看星空到现在成了七十老翁,我对这个神奇的大自然不但没有弄清反而越来越迷惘⋯⋯这世界怎么啦?其实人的认识是有限的,而且是"无限的有限认识"。

因为人类不可能认识全部大自然。

你说达尔文创立了"进化论"学说,这么多年以来还不如牛顿定律维持的时间长,现今很多科学家已经不在这个圈子里乱转悠了,甚至有的科学家反而开始审判起达尔文,一句话:"没说服力"。

我这人喜欢望星星,与星星说话,替星星找下茬,也替星星演绎"下回分解"⋯⋯

几十年了,也没落实这些"观察""想象""推理"有什么进展性的认识,更谈不上"定论"了。

星星吊在天空,怎么吊的?星星在宇宙中没有边,没"边"是什么概念?"无极遥远",怎么个"无极"法?⋯⋯还没推出几个问号自己就"卡壳"了。

这世界真是莫名其妙!唯心论可以推出一个"上帝"来,唯物论是无神论者,但绝对讲不出达尔文的"自然选择"到底是怎么"选择"的?他只是推理,没见事实。

"自然",自然是谁?"选择",谁选择?由谁选择?谁是谁啊?

虫子?蝴蝶?蜻蜓?猴子?⋯⋯

再聪明,再智慧,再选择,那个蝴蝶有限的智慧和能力也绝不能"选择"枯树叶子当成翅膀来保护自己。那虫子更甭说了,竹节虫的竹节是它那点有限的智慧选出来的吗?我韩美林不比虫子智商差,我想长上一对翅膀,行吗?达尔文再聪明不是也没有长翅膀吗?翅膀也好,叶子也好,这些都是具象的物质世界。还有更难解释的"抽象"现象(精神世界)。科学家在实验室里也可以弄出点"变异",但这也不能算达尔文赢了。因为这是科学家智慧的成果,让那些虫子自己"设计"、自己"变异",怎么可能呢? 达尔文准讲不出来。

我看书如吃书,自觉人类创造的文化财富一生只能读到可怜的一点点,何况偌大个宇宙的知识?"汗牛"还不够,再加上几个"汗驴""汗狗",也不能满足人类有限脑袋的有限"吸收"能力。

一个苹果皮保鲜的科学就够人们研究一生了。

科学家现今只能认识一些自然界的"其然",根本说不上它的"所以然"。我从小受唯物论影响,不相信上帝,可也没人对我讲这个世界所摆在我眼前的一切,又是怎么个"自然选择"法? 有些"自然"都是高精设计,比如:繁殖。就连癌细胞都会繁殖,那些带智慧型的细胞的繁殖又是谁设计的呢?

脑细胞：一个就能储存几十条信息，怎么储存？什么精密设计的高手能让这无数一块块的豆腐脑一样的东西有那么大本事？就算是精怪，这精怪不是也得有造物者去设计和制造吗？这世界，这世界，这世界呀！

眼球：它还能转、能看、能辨、能传递……本事很大，可它怎么有那么大的本事？它的那些零件都是谁研究成功的而又如此合理组装的呢？人虽然有眼睛，一旦破了就是一摊黑水、红水和白浆，这些可是一亿五千万个干细胞和七百万个椎细胞组成的，它们管着接收外面信息后再传送大脑，它们还管着供养这些细胞，同时还帮着排泄废了的细胞……等等众多"职务"还不够，还有几块黄色的物质（是什么？咱们真不知道），科学家只知道它管着色盲、景深……这眼珠子的"科学"令你咋舌。科学家知道这些"其然"就已经不简单了。让他们讲出"所以然"来，就真难为他们了。就这些，达尔文未必知道。

这些见得到、摸得到、可以接触的研究对象，只是一方面，看了、传了、证实了外界的物象，可判断那些物象的司令部——大脑，它又产生了什么反应和下了什么结论呢？一个人一个样……难哪！这世界呀，世界！

到了大脑再反射，这可是精神的、抽象的、升华了的、谁也否定不了的现实。大脑真厉害，它本事真大。

比如说：美。

美的音乐、美的形象、美的色彩、美的线条、美的旋律、美的一切。

大脑使人们对一根线、一块色彩、一段旋律感动得又哭又笑、又喜又忧……这"感觉"又是什么？它岂止是现象上的美就是美、丑就是丑？它更可以达到美亦是丑、丑亦是美的更高级的感觉阶段，这是人们感觉的升华，是那些"高级豆腐脑"作用的结果。

再如，在艺术中，真和假的辩证关系：

真是真、假是假、真中有假、假中有真、真代假言、假赖真出、真真假假、假假真真、真假可分、真假难分、真假不分……这乱七八糟地说些什么？听都听糊涂了，可是在艺术中，这些都是可以理解的。

这些也是"高级豆腐脑"作用的结果。

还比如：灵感。

灵感或是悟性、灵气，我有此感觉，这是真的客观存在，而且是经常不断的，在我的创作中，这种现象比起别人要算多的，我自己称是"神经病上来的时候"。

不承认是不现实的，因为我自己深感生活中这种不断的"冲动"给我带来创作上的"愉悦"和"丰收"。

人怎么会天天处在"理性"的空间里？我称自己是"神经病"就是针对那些不承认这种事实的人。"神经病"不上来一个月也画不了一张画，可"神经病"上来的时候没日没夜、昏天黑地的，自己已经瘫在画桌上，脑子里那点"神经"还在兴奋着，这时想不起那些艺术教条的"肌理意识""幻视效应""这××性""那××性"，想到的是广阔的草原、马蹄嗒嗒、连呼带叫，震耳欲聋的霹雳，翻江倒海的大雷雨……那时的"画理""画论""七法八法""七十二法"都被四个字所取代："去他妈的！"

于是，满地画作，张张精彩，如痴如醉，掌声四起，这其中虽然有血有汗有迷惑：那时我连自己都不相信，我是怎么过来的?！这种神经高潮一生没有几次，它让我一生难忘。这种情况下，有两次只用了一天半就接连不断地画了四百张报纸大小的画，而且竟然没有一张废画。

我犹豫着：有没有上帝？有没有灵感？有没有不食人间烟火？不然这世界这么多神奇和奥秘，不是越解释越糊涂吗！

由此看来，推理的东西没有实践来证实，达尔文也靠不住。没有艺术实践的艺术"理论"，同样也是靠不住的。

我不是科学家，我不可能解答我自己提出来的问题，再说人来到这个世界上，每一个脑袋对这个世界的看法，一个人一个样，不正是说明这个世界丰富多彩、繁博美好吗？

这对艺术家来讲，无疑是找到了一个如鱼得水的感觉世界的"所以然"。虽然理性寻找的"所以然"至今没有绝对权威的解答，但是对感性的艺术家来讲，他们的"所以然"就是来自世间这些真真假假、真假不分、真假难分的花花世界。

我发现我在艺术上、生活上、做人上如此感性、如此乐观、如此百折不疲……就是说我在感性的认知上找到了我一生也追求不完的艺术天仓，我无需寻寻觅觅、找来找去，我俯拾即是，所以我的创作如泉涌。

谁给了我丰富的联想力、想象力和创造力？我从"所以然"那儿已经知道了，不是妈妈的"遗传"，不是DNA，也不是"选择"。这些无力的解释在我看来是哄小孩。反问一下：谁设计的"遗传"？谁配制的DNA？没有科学家的手和大脑谁又能让虫子长上竹节，让蝴蝶长上枯树叶子，让毒牙长在蛇身上，让每个有神经的生物都知道报警（寒、暖、疼、痛、惊、恐、喜、怒、哀、乐、善、恶、美、丑……），神经是谁设计和制造的？！它像电流一样只能感觉到却见不到，但它的确是实实在在的现实。

智慧型的"自然选择"，到了神话一样的现实生活，这个"会选择"的"上帝"，教我们本能的生存、生殖、繁衍，教我们有智慧的防范、逃失、进攻，甚至还教我们"讲卫生"。你看：头上掉灰有头发接着，头发挡不住的灰有眉毛接着，眉毛挡不住有睫毛接着，睫毛挡不住进到眼睛里还有眼皮加上眼泪来"擦玻璃"……鼻子撑得高高的是为了喘气，就像支烟囱一样，还得支起来喘，灰进鼻子就有鼻毛遮挡，也是为了讲卫生……真讲究！你再看看那嘴和牙，前面板牙是切刀，后面的槽牙是磨盘，这舌头是个搅拌机，上下嘴唇是盖子，咀嚼的时候把嘴一闭，不进灰。吃高兴不高兴都由嘴来召开"新闻发布会"，吃好了高兴还唱两口，不过有唱得好听和难听的，也有破锣嗓子和唱着走调的……人间的"其然"丰富又多彩，都是艺术家创作的"宝贝蛋"！

还有，还有，就是吃进去的饭，即使是大食堂里的大锅饭，吃到众多男女老少的嘴里，消化了变血、变汗、变口水、变精子、变卵子、变伸胳膊伸腿、变跳舞打拳、唱戏唱歌，然后去上学、去教书、去打字、去开汽车、去炒豆芽、去包馄饨、去开坛当教练、去念经当和尚等等，这些窝头、咸菜、韭菜包子竟有这么大的本事。"所以然"一定解释不了。没准达尔文低着头、两个手指掐着眼窝，闭着眼自问："是啊，这窝头怎么能打拳呢？"

这窝头、咸菜、韭菜包子大家同吃同住怎么就一吃到每个人嘴里就变样了？你说这现实神奇不神奇，可它确确实实是现实！达尔文是真讲不出来！

每个人都是一部机器，而且一人一个样。没想到这窝头咸菜里都能不等量地变出高智商、高情商、高格调、高境界。权当我们忘了"所以然"的话，我们在"其然"中找到了什么？这是不言而喻的事！

我是美术家，美术家就一个任务——找"美"。找到美以后返还给生活和生活里的人们。

艺术家是时代的趣味、人间的厨师，他们把艺术作为自己的天职，将真善美像天女散花一样抛撒到人间，抛撒到人们的心间。在艺术家手中，美当然更美，可丑的也可以转化成美。他们把美丑玩得转转的。一条线、一段腔、一句话、一个动作都能神起来！让你捶胸顿足、扼腕攒拳、多愁善感、闭目陶情，让你眼泪一把鼻涕一把，让你伸胳膊伸腿、狂呼乱喊掀桌子打人……艺术的魅力有多大，现实的"其然"就有多大，这全靠艺术家们去挖掘。"其然"是个天仓，天仓是什么——无底洞。无限生活、无限科学、无限形象、无限神秘……这一切可以使艺术家们无限追求进而到了"奥"字头上，不是吗？这黑白、阴阳、水火、乾坤、天地、男女、上下、奇偶只一个"易"字就能互相转化。艺术里的大小、高低、冷暖、断

连、深浅、虚实……早已在创作中自由运作。就连高精度当仁不让的数学老大不是圆就是方,方就是圆;常数就是变数,变数就是常数;A 的根就是 A 的幂,A 的幂就是 A 的根;平行线就是交叉线,交叉线就是平行线吗?……

"其然"本身也是神,不用找"所以然"也能解决问题。在我手中"其然"不是活得也挺滋润吗?我经常想起小时候的孙中山,他一个著名的学习方式就是不断问老师"为什么?",就是这个"为什么",问得老师张口结舌。其实他问的就是那个"所以然"。

趁这篇"所以然"还不能挨到"上任"的份上,我讲一个真实的韩美林给大家听听。这共性和个性的关系大家都清楚,我无需在这里唠叨。单看一个韩美林,我今年七十三岁,有糖尿病已经二十多年,没有"三多一少",没有精神不振,反而每天四个小时的觉,几十年如一日。年轻的学生们,没有三天就把他们给熬跑了,熬夜本事大。我有心脏病,开刀接了四根管子,颈椎动脉堵了一根,只昏过一次半,开刀拿血栓,取出来两个花生米大的"栓仔",其中

含一粒花生米大小的黑石头，都以为我手术中要见阎王爷，可出奇的医生高手没出半点差错。中国、美国顶级的医生说我的脑子是"二十岁"青年的水平，一点渣也没有，手术中，奇迹不断出现，我血压竟然70/110，脉搏60跳，我的视力老花、白内障都光临过，可现今连眼药水的小盒子上的蚊头字都看得很清楚。洗头不掉发，除了头顶上有些灰色头发以外，两鬓和后脑没有一根白头发……这还不算，再看下面——

惊奇的是我没动手术以前，此生最多一天半画过晚报大小的人体一百六十张；动手术之后，一天半的时间，画了四百张老牛，而且，没有重复的。

神奇的脑思维，使我自己也不敢相信。我画画不用模特（近日画油画才用上模特）。不管是牛啦！马啦！鸡啦！鱼啦！人更不用说，一个星期下来，几千个人体构思稿全部都是默写……我一口气画过三百个猫头鹰，那本《天书》真像从天上掉下来的！回头一看，汗牛充栋的几万个没人认识的古文字，我怎么激动又耐心地写过来的！

这一切，不是在这里酸溜溜地显示自己，这是七十多年我第一次暴露给大家：我脑子的DNA绝对不是祖宗传下来的，是不是"怪胎"或核糖核酸？还是我爸爸和我妈妈在胎里兑进去了一点香油或是味精呢！？

总之，我创作时不打草稿。几十年如一日，我不用橡皮。没有表演故作托腮、皱眉的"救世主"。我创作的时候从大学音乐（小夜曲、摇篮曲，酸酸的，不理解音乐，东施效颦似的学老师）到进行曲、交响乐、打击乐、伦巴、探戈、恰恰舞，再到黄河锣鼓……最后搬到郊区飞机跑道线上看飞机……总而言之，我简直不知用什么声音做伴奏以鼓励我创作高潮神经病上来时候的那个狂风暴雨式大泼墨……

艺术家对自己塑造的形象、寻找的典型以及为这些典型所介入的形式、手段、手法,适度而不过分地创造时,不管是画家、雕塑家、导演、指挥家,他们投入的全部心血,都能从作品中跃然到你目下。

我们看到在拍电影时,演员对角色的理解,有时全然不在精美的台词上,为了一个激动不已而且酝酿成熟的镜头,激动人心的台词也会全然忘却,而经验丰富的演员这时来不及道出既定的台词,情绪激动地大喊了一句"一二三四五六七八九十……"虽然没喊台词(有后期录音补上),而这激动万分、恰如其分的表演,一分不差地上了胶片……

这是大艺术家才干出来的,他知道电影拍摄时的一切规律。

再看看音乐大师漂亮的一刹那,那卡拉扬一头白发,盒带上的头像是个绝对帅气的老头。可真见到他时,你会感到第一印象的他与盒带肖像不是一回事。他是个跛子,挂着一根棍艰难地上了台。但是,这里说的"但是"是一个转折,你再看他把手杖一放,一手支着靠栏,向下一按,坐在那个小小的不为人见的小小座上,双手一举,全场肃静,静得连掉针都听得到。这时他把指挥棒向下又向上一抬,音乐起来了……你摸一摸你的鼻子吧,下面准有一点小小汗珠……还用说吗,他就是大师。

这种魅力怎么写也写不到位,只能靠"其然"来表述。

人类的文化、艺术就是他啦!

对旋律、对形象、对色彩,对看不见的情愫、品位、素质,对举手投足万千潇洒,谁能淋漓尽致地描绘出来? 一句话:难哪!

一根线对平常人、平常事、平常所见这并没有什么,更不用说要惊喜、要激动,就是因为"平常"的缘故。但是在一定场合、一定环境、一定位置的条件下,你会被这根线感动、吸引,会百思不解、灵魂出窍!

"所以然"可以说无从介入。

我挖掘这些宝贵的"精神财富"以丰富我有血有肉的典型,用了土洋结合的方法,不然我不可能理解人和动物的感性世界。

在战争中,敌方我方是一根直线,鉴于这两点一线的距离,有时靠数学的三角来求证。我们人类与动物在思维上的差异、审美标准、兴趣共识……都只能用这种方法。这里当然要提到审美,这是个升华了的高级思维课题——美(咱们不谈绕口的美学),我们谈的还是"其然"。

人对自然。自然界里有山、水、云、天、动物、植物在审美上的共性,用"三角"方法,一定能求出它的一致性。我们爱小动物,小动物的妈妈一定更爱它的"宝贝蛋",不用解释,它对这个小鹿或小马的美感一定与人们是一致的。我不相信无产阶级和资产阶级对这客观存在的差异,无产阶级爱什么花? 资产阶级又爱哪种花? 这能分吗? 我常说:"即使世界观是正确的(何况正确只是相对的,这里还有人们虚伪、假象、隐蔽……),艺术观和审美观说不定是落后的,甚至是反动的。"这话没错。一些让你恶心的艺术设计、艺术评论、艺术处理、艺术观点不是庸俗、浅薄,就是无知妄说,没有权还可以,有回旋的余地,若再加上有权的,他说什么你都不可以改动,我就摊上过这样的人,他还竟然在大会上大叫"永远不要用这个人!""谁也不要和韩美林接触!"不就是他的审美观不怎么样吗?

艺术、艺术观、审美、美学观……这些若靠压,恐怕连上这篇文章都嫌寒碜。

这篇文章写着写着走了下路,我们讲得正高兴,忽然杀出这个程咬金。不过我得说句公平话,没有对比真的不好下笔。我很注意,但这是不可否定的客观存在。不是有人命令式地让我把中华民族的图腾——龙,从历史上废掉吗?

我不愿做千古罪人,我硬是顶了下来。

龙,从审美上讲,是中华民族几千年来已经熟悉了的形象,它是中华民族的代表,是中华各民族最最至高无上的图腾,从皇室到民间,从本土到朝鲜、到韩国、到日本。绝不可以对千年古国在审美上来什么"革命"，更不是"外国人说"，"中国龙是恐怖灾难的象征"。外国人说什么我们就得做什么？这不是汉奸是什么？

这不是一般的争论，这是一个国家的尊严。

这种审美角度和艺术形式是中国人民几千年历史长期积累的结果，这种特有的审美传统，怎么一两个人说废就废？

说到正题，在审美上的另一怪胎：人体。

这荷尔蒙是怎么制造的，达尔文没讲出来。这答案一直留给将来由"所以然"来"发布"。但是这"其然"可是客观存在呀！

中外古今，它（人体）还不如龙的处境，外国的龙与中国龙根本不是一个概念，这无须我从头再对龙来一番胡诌八扯的说教。

人体、人体艺术也是几千年以来争斗不休的事了。外国打开封建的铁门比中国早一些，但是回顾一下历史，中外古今对两性、对女人、对人体的高论繁如瀚海，我在这里乱弹琴就多余了。我只能另找切入口——"美"来进入我们的主题。

美，是人对客观存在的一种高级感觉，纯粹是精神产物。我们讲花、讲草、讲山、讲水、讲衣服、讲鞋子、讲大人、讲孩子，就连男人的胡子都是美髯……生活中的美与丑，对艺术家来讲，需要去探索、提炼、充实、提高，艺术家有不可推卸的责任。

"女人"二字是个炸弹。你讲：在外面看到一个美人，没事。你若说你交上了一个女人，这就得怀疑是不是你的"小三"呀！"碰"字不能提，一碰就"流氓"，就"色狼"，就"吃豆腐"……还下面条呢？！你说咱们人呀，长了个脑袋不想别的，对这些事倒反而感兴趣。

近年来，开放的政策，各路大军都杀出来各显神通。但是这二十一世纪可不是二十世纪。二十世纪的前五十年，中华民族处在水深火热的战争中。一九四九年以来各个领域都还沉浸在"解放"氛围中，对文化、艺术的需求尚不如经济、建设、恢复、整改等方面突出。那时的领导，上台就说"我是个老粗……"没人感觉不舒服，因为革命江山是他们打下来的，尊重他们还来不及……

到了二十一世纪,改革开放,中国人民朝着科学的建设方向迅猛前进,将一个半封建半殖民地国家从贫穷落后的泥坑中拔出来走向和谐,走向繁荣,走向国泰民安、国富民强。这个时候上台演讲就不能说"我是个老粗"了,因时间、地点都变了,上台的人谁也没扛过枪打过日本,更甭说打土豪了……

这个转型时期大量需要的是文化,是科学,是国家栋梁、中流砥柱。文化艺术跟不上经济的发展,那这个大厦一定建到沙漠上来了,一朝倾倒是迟早的事。

刚才讲的天上地下,"其然""所以然"都还在云里雾里谈玄说梦,到此为止吧,该下凡了,看看人间是个什么境界、是个什么档次吧!

翻开我们社会上铺天盖地的杂志摊、书摊上的杂志,那些杂志封面全是美女,全是翻箱倒柜的明星私密、隐情、绯闻,全是你脱我脱较着劲地脱,就连美女肩上蚊子咬了一口,也画上红圈标出来,赫赫跃然于杂志封面……

这人间,这"文化",张嘴做"惊讶"状吧!

搞生命科学的科学家们,你看到人间如此状态,能找达尔文讨说法吗?

这人间,人之初性本善,未到成年还好办,等到他们能独立思考的时候,这社会上就来了吃、喝、嫖、赌、偷、骗、杀、抢、贪、腐、懒、奸……从家里杀到社会、杀到地球各个角落。二十世纪以来,人们得了屠杀狂、虐待狂、毁灭狂。两个大战争都在二十世纪,核武器用在二十世纪的战争中,死的人上了亿,这病死、渴死、饿死的人又有多少? 谁又见到哪个上帝来救他们? 他们又有哪种细胞或是什么"所以然"来"选择"了这样一些人间悲剧呢?!

从来就没有什么救世主,全靠自己救自己。

人类找不到自己的肢体、思维、精神从什么地方来的,就是有"上帝",那上帝的肢体、思维又从哪里来的呢? 是不是上帝上面还有一个上帝、上上帝？

向上追是追不上去了，人们只有向前看了，因为达尔文最后也承认，证据与他的理论，尤其是理论要点难以取得一致。

不啰唆了，我这个较真的人也叨唠累了。

人是向前的，向前走就得要正视现实，人的好细胞和坏细胞能不能找人间的上帝(科学家)"所以然"呢？达尔文和他的主义们全给我来花花绕说生命之源是水中的细胞，这细胞在水中还不能有别的细胞，那么这细胞从哪儿来的？答曰：还有"前细胞"……这是绕口令，始终没讲出人是从哪儿来的！……回到现实呢又找不到"选择"，人们已经疯狂。

一个二十世纪，只一百年就被人砍伐了几千年伐木总和的八十一倍，可是人口呢，一千八百年才由两亿增加到十亿，现在是十二年增加十亿(每年有八千一百万人出生)，从清朝到现在三百年，中国一九四九年人口才四亿，现在十五亿也不止，那么三百年以后，就按一九七〇年世界增长率百分之二点一的话，到三百年后世界的人口是三万六千八百六十四亿。那么多人吃、穿、用、住、行……多了去啦！地球有那么大本事养咱们吗？

一个美国人活到八十岁，人均得消耗两亿升水、两千万升汽油、一万吨钢材、一千棵大树……不是美国人，哪怕最穷的国家减了再减，以百分之一的消耗计算，我的算数不及格，谁想算谁算，我就歇了吧！

三万多亿人口才维持三百年，六百年以后多少人？一千年呢？

人对物质的无止境的要求、膨胀的速度会吓死你，可能源有限，地球受得了吗？等着"选择"来救人、救花、救草、救地球、救一切生物，就像蝴蝶翅膀替蝴蝶"选择"得那么周到，人呢？疯狂了的人"选择"的是灭了这个世界！没有哪个"自然"帮他往好里"选择"。

咱们讲了半天都是些看得见的，环保卫士们天天呼吁救地球，那些动物、植物、垃圾、气温、矿藏、粮食、汽油、木头、钢铁，还有使生命依存下去的水,没有水这地球一切都完了,将来的战争人们不是为宗教、信仰、意识形态、民族仇恨而战,而是为生存、为了生存的水,将来的战场是尼罗河、多瑙河、亚马逊河……沙漠化了的世界,到处成了火药库……

中国现在每天消耗的粮食是十亿斤,中国消耗的能源是美国的二点五倍、欧盟的五倍、日本的九倍,中国石油只够用一天,三百六十四天都得依赖进口……中国还要发展下去,即使有个袁隆平(解决一千亿斤粮食),这占世界百分之七土地的中国却养活着百分之二十二的人口呀!

今后二十年地球将无力支撑其所载的人口,这个小小的星球撑死只能养活八十亿人口,可现在地球就已经有六十五亿多了……

吓唬谁呢? 科学和现实都说明谁也没吓谁,这是现实。

人们物质上向地球疯狂地、无限地索取,为了拯救地球,一些可敬的"绿人"极尽所能,可是,人们耳朵都磨成了茧子,也没有看到实际惊人的效果。

这是来自人间的又一个大膨胀——思维(精神世界)的堕落。

给地球和人类自己添乱的是疯狂了的人,不如说是疯狂的精神世界,这精神变成物质是个可怕的事实。一个日本,一个德国,二次大战就灭了一亿人,中国人占了百分之四十(三千五百万),德国死了九百九十万,日本死了六百四十九万,苏联也死了两千万,这"精神"变物质变得多么吓人,那时世界人口不到三十亿,可参战的就到了二十亿。

二次大战"精神"变"物质"——损失五万亿。

"精神""精神",可真精神起来就不是什么"抽象"的,"抓不住、看不见"的了。这要人头落地、妻离子散、破壁残垣、饿殍遍地、狗人争尸、瘟神四起……真是不堪设想!

不言而喻:"精神"的东西一旦变成物质(也指量变到质变),人的脑子想象力是不可估量的。

一首歌，就这么1、2、3、4、5、6、7，音乐家一转化，这地球上的人都能成疯子，罗伯逊、帕瓦罗蒂、夏利亚宾、贝多芬、莫扎特……还有梦幻、天鹅、一路平安……

一张画，就这么块画布，点、线、面，还有三个原色一搅和，人们疯了一样地天价购买。就那画上的一根线，让你天天坐着靠椅，端着茶品上一辈子。

一台戏就那么两个人，一个霸王，一个虞姬，台上空空，就一个凳子、一把剑，这"霸王别姬"两千年前的事，演了上百年也没人嫌烦，戏迷们闭着眼、敲着点、跷着二郎腿在那里傻摇头。

一个人，就只一个孔子，都两千多年了，中外古今对他那一脑袋的智慧崇尚不已，一九八八年七十五位诺贝尔奖获得者的宣言，就是向全世界呼吁，二十一世纪人类要生存，就必须汲取两千年前孔子的智慧。

……这一首歌、一张画、一台戏、一个人，怎么就有那么大的能耐！

达尔文的进化论破绽百出，只是一个假说，怀疑生命的"自然"发生，但如果消除这一认识，也不是一朝一夕的事。

反过来看，人们说虎、狼怎么怎么坏，把禽兽骂成天敌，可现今的"禽兽"们，朝不保夕，生存条件恶化，让人们追杀得逐渐无立锥之地。地球上的生物有数亿种，而今百分之九十八已经灭绝。人类出现前，每三百年灭一鸟种，近三百年是两年灭一种，而今是每天灭一种，人类的贪欲是不是应该收一收了！二十世纪十万只老虎剩下五千只，七万头犀牛杀成两千八百头，一百三十万头大象杀成六十万，鲸鱼半个世纪就减少了百分之九十，仅一个香港每年吃鱼翅六千一百吨……

不是人类文明了、先进了、科学了、有文化了，就可以一切都放心了，看不见的脑袋里有些"逆向思维"的人，反了、疯了、狂了、野了，疯狂地掠取，填不满的欲壑。地球开始反扑的时候也到了。这就叫自食其果。

这精神改造物质的能量有这么大，不能不让人低头反思！

人们的大脑是发达了。随之升起的欲望也就大起来，占有欲、统治欲、色情狂、杀人狂、烟鬼、酒鬼、色鬼、车迷、戏迷、歌迷加财迷……社会文明越高，"欲念"发达的人就来了神，好吃懒做、品德低下的人就很自然地走这种路，所以社会犯罪率超高，这就不能不联想到教育、政策、法规、纪律的缺失……我不是讲做人要人五人六、宽容友善，到处仁义礼智信、温良恭俭让，但是反过来想想，做人还真要人五人六、宽容友善，到处仁义礼智信、温良恭俭让，若连这点表面的都没有了，这个社会还要人干什么！那不是禽兽时代吗？

这些看不见的意识形态，只能用法律、制度去约束。这些是付诸行动的意识形态的产物，没有他们就"放羊"了。

咱们讲点人间的、具体的例子：

意识形态的学者们得出的理论、研究的成果我毕恭毕敬地看了不少，但是我发现照本宣讲的、呆板的、学究式的、闭眼发挥的、故意玩学问的、就是不想让你进门槛的……多了去啦！我喜欢古文字，见到多种古文字书典，上面有的一个字就考证上几千字，甚至上万字，最后结论还是：意不明，待考……这不是要人玩吗！

一个字用上千字的论文，却什么也不证明，文字全是些76、83、192、存34、力25……有的字典自编查法，让你查不到，让你查急了把书摔在地上……这是学问！文人的一些臭习惯，酸酸的、嗲嗲的，让你知道他的深不可测。

人啊，人！你有学问也不能这么折腾急于求知的年轻人！这不是添乱吗！我的《天书》的出版，就是等不及漫长的考证，几年来，我写得两手出血也得硬推出来介绍给世界，因为等以后（难等后来人），那些遗弃的古文字早就湮没了。悲乎！我真是很遗憾！我多么不希望它们几千年没人理（不知发音，不知其意，不知出处，古文字学家也无据可考，书法家也不临的一些甲骨、金文、石鼓、象形、符号、记号、岩画……），让它们没人问便"放了羊"，将来想收集也是大海捞针了。那么一个民族的古文化就灭在一个"拖"字上！

中华民族的文化财富比比皆是，谁还去注意已经被遗弃的文化！就像一个物种，它告别这个世界，我们不感到难受吗？一些学者讲孔子、讲老子、讲庄子……包括我在内大家挺心服，他们的录音、录像、书籍、文章都买，但是没有规矩，不知深浅，讲着讲着成了天下通了，昆曲插一脚，唱歌也插一脚，而且是方向性的指导……这都不应该啊！说话兜不住就会"放羊"。

街上流行红裙子，你穿我穿，大女子小女子比着穿，老女子少女子一起穿，岂不知有腿长腿短、腿粗腿细、腿白腿黑、腿直腿弯……学问大啦！留几句话不说了（还没说到腰细腰粗……），这是裙子"放羊"。

教育是国家和民族的方针大略，我们的后代就更不能"放羊"了，也不管国情民情，尤其中国是个有几千年传统的教育大国，胎教、母教、家教、国教，形成了这个教育大国对后代的教育规范。我早就呼吁过，领导教育者必须首先是教育专家，领导水利者必须是水利专家。我们不能再走外行领导内行的路了，我们也不能容忍那些马屁精肉麻的捧词"外行就要领导内行，因为他没有偏见……"这不是鼓励领导也"放羊"吗？一个"教育产业化"弄得小学生都知道赚钱，帮他们奶奶、妈妈炒股票拿回扣。我送给一个三四岁的小孩一个福娃，没想到不一会儿就找我来了，说是他妈让爷爷签个字，不签不值钱……研究机构不去搞研究而去"创收"……这是教育吗？教孩子从小学着炒股票是咱们中华民族的传统吗？……十七大把"教育产业化"给堵回去，但是却没看到要想从这些已被教育的上千万孩子们的脑袋里抹掉这几个字得需要几十年，这样"放羊"不是脑袋瓜子一热才推出了这哗众取宠的"改革"吗？

作为现代青年，英文、电脑、开汽车成了"标准"，这不成文的"社会规定"是又一个"放羊"大潮。英文、电脑是个人的事，但是成了气候,岂止是"放羊"?

英文作为一切入学的门槛,这个"放羊"规定(全民学英语),英国人比中国人少多了,他们怎么不全民学中文呢? 即使都学了英文,毕业用不上,两年就忘得差不多了,再说用得了这么多翻译吗? 这里有一个最最使人难受的事实,为了跳英语这个槛,许多天才就此远离艺术、远离科学……一句话:毁了他们!

英文"放羊",不知是谁的主意,弄得我们大人小孩天天"三克油"。中国的汉字是世界五大语系之一,有些王国的文字已经退出历史,唯一的汉语仍然占了世界之最,因为它是世界上最到位的文字。"霸王别姬"四个字有人物、有故事,还有故事的原因、人物的性格、地位……挺全的,任何语言替代不了。"三克油",绝对不是对手。

一些从国外回来的人,到外国还不知道干了些什么(我知道,不过打死我也不说),这些人有些回来了,都成了居高临下的"祖宗""教师爷""救世主"。说话是"你们中国人"! 说着说着还把肩膀一耸手往上一抬:"怎么讲呢?"然后来上几个英文字母,把咱们中国人当成了呆子……

这英文要是"放了羊",中华文化是不是像地球上的动植物、空气污染、塑料袋子天上飞一样,据说塑料袋子五百年才会被"消化掉"……

"放羊"啦!

电脑跟上来也不能"放羊",我们教育目的不是让下一代开着宝马、抱着电脑、满嘴"三克油"再加"人性"开放,旁边还搭上个"小三"……

我们教育的目的是让孩子们自食其力,要有养活自己的生存本领。

放这种羊等于放了狼,亲情、友情、爱情都变了味,变成了一个分子——钱情加无情。

自一八四〇年鸦片战争以来,中华民族很长时间处在弱势和低谷,昔日的风采逐渐淡出这个世界,中华民族被称为"半殖民地"而抬不起头来,我们不想一想是为什么吗?

这一百多年我们民族"放了羊"! 我们在自相残杀,引狼入室,在窝里格斗……

外国侵略只是一个外因(就是那个哲学上说的"一定条件"),温度够了、蛋壳破了、小鸡出来了,出来就大叫大喊地骂它的母鸡妈妈,这个时期,小鸡也成了一只恶狼,这就像一种叫"噬菌体"的微生物,专吃细菌,能耐极大,它一天可吃掉海洋中百分之四十的细菌,这种菌一朝变异,地球只需一天就会酿成毁灭性的灾难。

我们那个时期看到人与人之间六亲不认、人性皆失的虐待狂、打人狂、烧杀狂。这是"放羊"还是"放狼"? 这给中华民族带来的灾难和伤痕世代难泯。

"怀疑一切! 否定一切! 打倒一切!"这哪里像革命的口号? 这是"放狼"的军令状! 这就是"豆腐脑"下的战书!

这次"放狼"给国家和民族造成了多少损失,谁也算不清。

这是"豆腐脑"的作用,达尔文的"细胞""前细胞""前前细胞"是解释不了的。

我是个艺术家,科学家的事我管不着;如果非让我接受这进化是由自然选择来的,我怎么也不服,因为我干的是感性职业。感性、灵感、感知都从哪里来的? 实验室出来八个耶稣也不能解释事物发展的根本原因。因为实验室的"产品"都有上帝,都是上帝设计的结果。上帝是谁? 不就是科学家吗?

从一八五九年"进化论"出世到现在,达尔文和那些忠实的达尔文主义、新达尔文主义者,他们之间不是也闹过一阵子吗? 现在也还在闹吗? 连小孩都知道先有蛋还是先有鸡。我不知道咱们人的脑袋瓜子是由哪一个脑袋瓜子选择的。

达尔文说:是由"前细胞"繁殖出来的。

生物化学在科学家手里尽出奇迹,近年来造羊、造人、造猴子……

可"社会化学"产生的惊人能量谁又真正地注意到了？

一个国家再富强，没有大略，没有文化就会"放羊""放狼"。

一个法律和制度，没有监督、没有约定、执法犯法、刑不上大夫——那就是放狼吃羊。

一个教育方针，不知道教育是育人，不知道教育改革是提高学生求知的含金量，一味地形式上的组合，这是给人看的，这是好大喜功、哗众取宠的人干的。教育方针要顾及世世代代，就是传宗接代、优选优育，让他们都成为国家栋梁，都能自食其力，有一技、多技自立的本领，而不是让"小皇帝""放羊"，这等于是"放狼"。

中国的汽车已经放了羊，山西煤老大开着劳斯莱斯，而且不是一辆；这么一个刚刚起来的国家，农村的小干部都开着宝马，中国是地大物博吗？中国、中国人民能养他们多少年？今年我去云南、内蒙古，看望那里的孩子。美丽的梅里雪山上，在雪地里半年也不能出来，吃着煮大白菜，撒点辣椒粉，一年四季，一年四季……

不说了，回到"其然"和"所以然"上来吧！

虽说物质决定意识，可反过来意识作用于物质，不是也由"所以然"那儿来的吗？"放羊"就是没了度，没了度就会过了度，过了度就是由量变转化成质变。这"其然"可不是好玩的。虽说看着"其然"说不出"所以然"来，但是认识到"其然"也就可以使人们不再"放羊"。人们知道水是氢二氧一，知道一百度就成了气体，也知道零度就结冰，这固体、液体、气体都是水，加上人们不知是不是"上帝"给的"所以然"，人们完全可以凭着已知的"其然"把水玩得转转的。

"所以然"不是上帝、上上帝，至今也没在人间露过面。人们有了"其然"就够了，等到科学家们研究成功了再见"上帝"也不迟。

"所以然"没有出山以前，人就是上帝，科学家就是上帝。

上帝是你自己，你与"其然"交了朋友，天下就是你的。

永不凋谢(后记)

○周建萍

在人生中最困顿的时候,为了寻求心灵的慰藉,有一阵子,我疯狂地在宿命中徘徊。记得有人告诉我,我的生命中会出现贵人,现在看来,这个贵人正是韩美林。

曾几何时,谢晋导演想把我托付给韩美林,但还未来得及彼此介绍,韩美林又扬起了婚姻中新的风帆。这是一个百折不挠的男人,无论经历多少磨难、多少痛苦,总能坦然、乐观地面对世界和人生。我无论如何没有想到,在我的生命中与韩美林还会有交集,直到现在已经与其携手共度了十五年,不知不自觉地创下了韩美林四段婚姻中时间最长的记录。

35岁那年,我北上嫁给了韩美林。我始终认为,35岁是生命中的分水岭,对女人来说尤其珍贵,因为这个年龄段的女人,经历过岁月的起伏而成熟,感受过生命的脆弱而温暖,体察过人情的厚薄而知性,而能够在人生中最美好的阶段遇到最爱的人,是上天对我的恩赐,我感恩于心。

美林在他的文章《幸福像花儿一样》中写道:"好的婚姻是彼此成就。"我想说,我们俩的婚姻成就的何止是彼此。

比如,"一个韩美林三地艺术馆"的实现,对于美林艺术的传扬具有不言而喻的意义,对后人艺术上的启迪也会起到不可估量的作用。我经常跟人开玩笑说,几百年甚至几千年以后,南、北、西三馆即便经历了地壳运动,作品被埋藏于地下,但只要人类生生不息,我们的后人终有一天会从泥土里将它们"请"出来集中去研究,研究中华民族璀璨的文化,这恐怕就是我和美林建馆的本质动因。相同的人生观和价值观让我俩走到了一起,十年间完成了三座艺术馆,需要何等的雄心和耐力? 如今,三座韩美林艺术馆馆藏面积之大、展品之多、门类之广,使美林拥有了当之无愧的当代艺术家的"世界之最"。

早在1980年,美林就在美国纽约、波士顿等二十一个城市举办了个人艺术展,他是国内最早一批走出国门举办个展的艺术家。当年的"韩粉"已经将接力棒交给了他们的下一代,这充分体现了美林艺术的"国际性"和"普世性"。三十多年来,美林带着他的学生,开着"艺术大篷车"驰骋在祖国的东西南北,为中华文化的发掘、发展和研究做出了卓越的贡献。如今,完成了对祖国、对人类馈赠的美林砥砺

修行再一次向世界出发,随着2016年10月"韩美林全球巡展"在威尼斯拉开序幕,接着于2016年12月和2017年3月在北京中国国家博物馆和巴黎联合国教科文总部举行巡展,面对全球化的文化环境和多元化的当代艺术格局,艺臻巅峰的美林,期望通过"全球巡展"的方式,展现自己既传统又现代的作品,向世界表达中国,这无疑是正在复兴的中华文化向世界发出的一个强音。

比如,众所周知,美林写过一部《天书》,通过收集整理已经失去实用意义的中国古文字和符号,通过对其造型和结构中蕴含的性格、神韵和气质的再造,充分表达了中华古文字、符号铭刻的深邃而神秘的文化精神,显示出古文字、符号超越古代范畴的现代意义。为此,清华大学为美林专门成立了"中国古文字研究中心"。几十年来,美林一直投身于中国古文字艺术的保护、传承与发扬,成绩斐然。汉字承载了中国数千年的文明,是中国乃至东亚文明成长的沃土,具有信息传达与艺术表现的双重价值。成立专项研究中国古文字艺术的高等学术机构,于文化艺术传承而言,迫在眉睫;于国家民族遗产而言,功在千秋。在未来的日子里,美林将完成一部三十余册的《中国古文字大典》。

伴随而至的还有最近国家出版基金刚完成立项，集美林绘画、书法、陶瓷、雕塑、设计、民间艺术在内，将由人民美术出版社出版的《韩美林艺术大系》，对于未来美林艺术的研究具有非凡的意义。

比如，十多年来美林在全国乃至世界各地设计制作了几十座城市雕塑，创业界雕塑之多、体量之大的最高纪录。它们是上虞的《大舜耕田》，深圳的《瑞福祥臻》《龙盈乾坤》，芜湖的《鸠顶泽瑞》《鸠兹》，蚌埠的《南北分界线》《火凤凰》，洛杉矶的《中华巨龙》，广州的《五云九如》，通州的《运转乾坤》，杭州的《钱江龙》《钱王射潮》，三亚的《火凤迎祥》，余杭的《百鸟朝凤》，新加坡的《回家》，日本的《榉》《青春》，唐山的《丹凤朝阳》《凤凰之门》，新疆的《克拉玛依之歌》，江苏的《天马骄嘶》……这些青铜铸造的地标性雕塑将随着每个城市的变迁与发展坚实而长存。

对于美林今年刚完成的湖北荆州四十八米巨型人物雕像《关

公》，外媒是这样评价的："中国创造了一座令人难以置信的、史诗般的古代战神雕像！"

这些年来，我陪伴美林并亲历了这些雕塑诞生的过程，由于我们承接的基本上都是城市重要公共空间的巨型雕塑，体量均在三十米以上，故完成一座雕塑是一个庞大的工程，起码需要两到三年的时间。美林除了负责雕塑造型设计以外，还需要与材料专家、焊接专家、结构专家、铸造专家紧密配合、通力合作，才能圆满完成任务。因为是公共艺术，安全方面必须做到万无一失，所以，我们必须抱着严谨的、科学的态度去完成每一座雕塑。每次到达雕塑现场，当我站在

工地,仰望着头戴钢盔在脚手架上作业的美林时,我感到,他就是我心目中的英雄!

此外,从2011年起,美林每年都在清华大学招收美术史论、现代陶艺、视觉传达和设计学等方向的英语免试博士生、硕士生,这种不拘一格培养人才的理念和胸怀在教育界必定生根、开花、结果。

韩美林艺术基金会自2012年成立以来,将每年的12月21日定为"韩美林日",这是继美国纽约曼哈顿区将1980年10月1日定为"韩美林日"之后的又一个"韩美林日"。韩美林日也是奉献日,每年韩美林艺术基金会均会围绕文化教育、文化艺术、文化遗产、文化培基四个领域进行捐赠。同时举行世界范围内的"韩美林艺术讲坛",迄今为止,已经做了"公共空间的艺术审美""艺术设计的十字路口""远古文明与当代艺术的生命联系""跨越时空的艺术力量"等四届艺术讲坛。

2005年10月13日,巴黎联合国教科文组织总部授予美林"和平艺术家"称号,成为中国美术界获此殊荣的第一人。当天,他站在联合国教科文组织演讲台上宣布了自己的天职:1.保护我们固有的、古老的文化遗产,推动文化艺术的发展;2.呼吁世界珍惜生命,珍惜自然,珍惜我们的地球,因为世界从来不只属于人类本身。

美林有句口头禅:"我每天都在进步!"作为一位当代艺术家,他时刻都想着突破自己,突破艺术藩篱。这些年,美国、日本、韩国等多次提出要在他们的国家建立韩美林艺术馆,让世界公众通过欣赏美林艺术而了解中华文化的博大精深。这是一件富有前瞻性的事,未来究竟如何,尚未可知,但让中国文化在世界之林永不凋谢,则是我们共同的期许。

我们已经做的、正在做的,是为世界、为人类留下更多文化印痕的事。人生虽然苦短,但美林艺术必将永不凋谢。